与灵魂相伴
在最美的风光里

屠格涅夫

名家散文经典
精装美绘版

(俄罗斯) 屠格涅夫 著
曾思艺 译

长江出版传媒 | 长江文艺出版社

目录

辑一 散文 随笔 书信

树林和草原·3

幽会·14

贝仁家的牧场·28

谈谈夜莺·59

贝加兹·67

谈谈谢·季·阿克萨科夫的《一个枪猎猎人的笔记》·79

致波丽娜·维亚尔多·92

致波丽娜·维亚尔多·94

辑二 散文诗

乡 村 · 101
对 话 · 104
老太婆 · 107
狗 · 110
乞 丐 · 111
一个志得意满的人 · 112
处世准则 · 113
世界的末日 · 114
玛 莎 · 118
傻 瓜 · 120
东方的传说 · 123
两首四行诗 · 126

两兄弟 · 152
记　者 · 151
老　人 · 150
蔚蓝的王国 · 148
菜　汤 · 146
施　舍 · 144
Necessitas, Vis, Libertas · 143
探　访 · 141
门　槛 · 139
最后一次会晤 · 137
纪念尤·彼·弗列夫斯卡娅 · 135
玫　瑰 · 133
麻　雀 · 131
H.H. · 177
海上之行 · 175
『玫瑰花，多么美丽，多么鲜艳……』 · 172
我会想些什么呢？…… · 171
大自然 · 169
明天！明天！ · 168
鸽　子 · 166
岩　石 · 165
仇敌和朋友 · 163
女　神 · 159
斯芬克斯 · 157
天神的盛宴 · 156
利己主义者 · 154

当我不在人世的时候……·198
我在崇山峻岭之间徜徉……·196
和谁争论……·195
谁的过错？·194
高脚大酒杯·193
无 巢·191
鸫 鸟（二）·189
鸫 鸟（一）·186
孪生兄弟·185
我怜悯·184
偶 遇·181
祈 祷·180
我们还要奋战！·178

我的树·213
哇……哇！·210
投身于车轮下……·209
Nessun Maggior Dolore·208
山 鹑·207
真理与正义·206
爱 情·205
婆罗门·204
爱之路·203
当我孤身独处的时候……·201
我夜里起来……·200
沙 漏·199

辑一／散文 随笔 书信

树林和草原

……于是他渐渐心动想往回转：
回到村里，回到黑郁郁的花园，
那里一株株椴树高巍巍、绿荫荫，
铃兰花散发出阵阵童真的清芬，
那里一行行爆竹柳亭亭如盖，
从岸边俯身水面随风飘摆，
那里肥沃的田野上长着繁茂的橡树，
那里大麻和荨麻的香气阵阵竞逐……
回去吧，回去吧，回到那辽阔的原野上，
那里黑油油的土地就像天鹅绒一样，
那里纵目尽是漫漫无边的黑麦，
轻柔的波浪荡漾成一片起伏的静海，
从白茸茸、明灿灿的一朵朵蘑菇云中央，
倾泻下沉甸甸、金煌煌的一束束阳光；
那真是一个好地方……

——摘自待焚的长诗

也许，我的这些散记已经使读者们感到厌烦了；我得赶紧请读者们放心，保证到此为止，只写到已发表的那些篇章；不过，在告别的时候，我不能不讲几句关于打猎的话。

身背猎枪，带着猎狗，外出打猎，这就像老话所说的：für sich[1]，是一件妙不可言的事；即便您天生不喜欢打猎，但总归喜爱自然美景和自由自在吧；因此您也就不能不羡慕我们这些打猎的兄弟们……那就请您听我说一说吧。

您可知道，比如说，在春天，黎明前乘车出去打猎是多么惬意？您走到台阶上……灰湛湛的天空中闪烁着几颗疏星；湿津津的风儿就像轻漾的微波不时悠悠拂过；耳际传来夜的低沉而模糊的喁喁私语；被黑影笼罩的一棵棵树木发出轻轻的沙沙声。大车上铺好了车毯，装茶炊的箱子也放在了踏脚旁。两匹拉边套的马蜷缩着身子，打着响鼻，风度十足地轮换着蹄子站在那里；一对刚刚睡醒的白茸茸的鹅，一声不响、慢慢腾腾地从大路上走过。在篱笆后面的花园里，看守人在安适地打着呼噜；每一个声音似乎都停留在凝固的空气里，停息下来，静滞不动。于是您坐上马车；几匹马一齐迈步向前，四轮大车发出响叮叮的辚辚声……您坐着马车奔驰——驰过教堂，下了山坡向右转弯，驶过一道堤坝……池塘上刚刚开始冒出袅袅雾气。您感到有几分寒意，您用大衣领子遮住脸颊；您渐渐打起盹来。马蹄踩在水洼里，踏出一片响亮的啪嗒啪嗒；马车夫轻轻吹着口哨。但这时您已经走了四五俄里……天边红霞微吐；一群寒鸦醒来了，在白桦林中呆笨笨地飞来飞去；几只麻雀围着黑乎乎的干草垛，叽叽喳喳地叫个不停。空中越来越亮，道路看得更清楚了，天色亮丽起来，云层白闪闪的，田野绿蒙蒙的。农民的小木屋里点起了松明，

1. 德语，意为“就本身而言”。

闪耀着一星星红焰焰的火光，听得到大门里面睡意蒙眬的说话声。而就在这时，朝霞红彤彤地燃烧起来了；接着，一条条金灿灿的光带在天空中绵延铺展，一团团烟雾在山谷里氤氲缭绕；云雀在响亮地放声歌唱，黎明前的晨风轻轻吹过——于是，红溜溜的太阳就轻悄悄地浮了出来。阳光像急流一般汩汩奔泻；您的心像小鸟一样振翅高飞。多么清新，愉快，可爱！四周的远景都已历历在目。瞧，那片小树林后面有一个村庄；瞧，再远些是另一个村庄，村庄里有一座白色的教堂；瞧，那山坡上有一片小白桦林，白桦林后面是一片沼泽地，那正是您要去的地方……快点跑，马儿呀，快点跑！快步如飞地前进！……只剩下三俄里路了，很快就到了。太阳飞快地升起来了；天空一碧如洗……一定会是个风和日丽的好天气。一群牲口拉着长队从村子里迎面向我们走来。您奔上了山坡……多么动人的美景！一条大河蛇行向前，长达十来俄里，透过朝雾蒙蒙，隐隐可见蓝汪汪的河水；河对岸是一片片水汪汪、绿盈盈的草地；草地后边是一座座坡势平缓的山冈；远处有几只凤头麦鸡在沼泽地上空鸣叫着盘旋；透过散布在空气中的湿津津的阳光，远方的景物清清楚楚地显露出来……和夏天大不相同。心胸呼吸得多么自由，四肢活动得多么快畅，全身都浸泡在春天清新的气息中，感到多么强健！……

而夏天，七月的早晨啊！除了猎人，又有谁领略过黎明时在丛林里漫步是多么愉快？您在露水盈盈的白蒙蒙草地留下了绿微微的脚印。您拨开湿漉漉的灌木丛——于是，夜里积蓄的一股股热乎乎的气味便迎面向您扑来；空气中弥漫的尽是野蒿清新的苦味，荞麦和三叶草的甜味；远处是一片橡树林，像一堵墙似的耸立着，在阳光下闪闪发亮，霞光熠熠；天气还算凉爽，但已经感觉得到炎热正在逼近。过于浓烈的香气，熏得人头脑晕晕乎乎的。灌木丛绵绵不断，没有尽头……只是远处一些地方有一片成熟的黄灿灿的黑麦，几块长带一般的红澄澄的荞麦地。这时一辆大车嘎吱嘎吱响起来；一个农民轻手轻脚地走了过来，预先把马拴在阴凉的地方……您同他打过招呼，又继续前行——您身后传来大镰刀响亮的叮当声。太阳越升越高，越升越高。湿淋淋的青草很快就晒干了。瞧，已经热起来了。过了一个钟头，又过了一个钟头……天边渐渐黑腾腾的；凝滞的空气里散发出火炎炎的燥热。

“大哥，这儿什么地方有水喝？”您问一个割草的人。

“你看，就在那边山谷里，有一口井。”

您穿过缠着蔓草的密集的榛树林，下到谷底。果然，断崖下面隐藏着一口清泉；一棵橡树把它那手掌形的枝叶贪婪地伸展到水面上；一个个银溜溜的大水泡，从盖满一层细细丝绒一般青苔的水底，摇摇晃晃地不断汩汩冒上来。您扑到地上，您喝足了水，但是您却懒得再动一动。您躲在阴凉的地方，您呼吸着香滋滋、潮润润的空气；您觉得舒服极了，可是您对面的灌木丛却被太阳烘烤得热烫烫的，而且似乎有点黄煎煎的。然而，这是什么？一阵风突然吹了过来，又疾驰而去；四周的空气颤抖起来——是不是打雷了？您赶紧从山谷里走出来……天边那一片铅灰色的长带是什么？是不是暑气更浓了？是不是乌云在飞涌过来？……可就在这时，一道电光微微一闪……嗨，原来是大雷雨即将来临！太阳依旧明艳艳地照耀在四周——还可以打猎。不过，乌云在飞涌着扩大；它的前锋像衣袖那样唰地铺开，圆盖一般罩了下来。青草地，灌木丛，突然全都变得暗蒙蒙的……快跑！那边似乎有一座干草棚……快一点！……您跑到那里，钻了进去……多大的雨啊！多亮的闪电！草棚顶上有几处漏雨，雨水滴滴答答滴在香扑扑的干草上……可是，您瞧，太阳又出来了，金光闪闪的。大雷雨过去了；您走出干草棚。我的上帝啊，四周的一切都在多么兴高采烈地闪闪发光，空气是多么清新、湿润，草莓和蘑菇的清香多么诱人！……

可是您瞧，黄昏降临了。晚霞像大火一样熊熊燃烧，烧红了半边天。夕阳西下。附近的空气不知怎的显得特别透明，像玻璃一样；远处笼罩着一片软溶溶的雾气，看上去暖熏熏的；红润润的光辉随着水珠，一起洒落到不久前还充满了金晃晃光流的林中空地上；一棵棵大树、一丛丛灌木林、一个个高高的干草垛，都在地上投下长拖拖的阴影……夕阳落山了；一颗星星在落日燃起的火海里灼灼闪亮，不停颤抖……瞧，火海已渐渐变得白荡荡的；天空也开始变得蓝幽幽的；一个个阴影消失了，空气中已暮霭纷飞。是回家的时候了，回到村子里，回到您过夜的小木屋里。您背上猎枪，不顾疲劳，大步流星地往回走……而这时夜幕已经降临；二十步以外已经什么也看不见了；几条猎狗在茫茫黑暗中白闪闪地奔走。瞧，在那边黑簇簇的灌木林上方，天际闪现出一片朦朦胧胧的亮光……这是什么？起火了？……不，这是月亮正在升起。而那下面，右手边，村里的灯火早已在闪烁……瞧，终于回到了您的小木屋。您从小小的窗口看见铺着白桌布的桌子、光焰焰的蜡烛、晚餐……

要么，您吩咐套上竞赛用的马车，到树林里去打松鸡。驱车飞驰在狭窄的小路上，望着两边密不透风的高高黑麦，心里乐滋滋的。麦穗轻轻地拂着您的脸颊，矢车菊不时绊住您的双脚，鹌鹑在四周鸣叫，马儿懒洋洋地向前小跑着。瞧，树林到了。清凉、静谧的。一棵棵体态端庄的白杨，高高地在您头顶簌簌作响；一棵棵白桦树垂下长长的枝叶，在微微颤动；一株雄赳赳的橡树，像士兵一样，挺立在一棵美丽的椴树身旁。您驰过绿草如茵、阴影斑驳的小路；几只黄色的大苍蝇在金灿灿的空气中一动不动地停留了一会，又突然飞走了；成群的小蚊蚋一团团在空中盘旋飞舞，在阴影里亮悠悠的，在阳光中黑麻麻的；鸟儿在悠闲地唱着歌。红胸鸲亮开金嗓子，唱出天真烂漫、绵绵不绝的欢乐——这歌声和铃兰的芳香十分谐调。继续前行，继续前行，走到树林的更深处……树林里一下子鸦雀无声了……心中腾起一种难以言传的宁静；周围的一切也都昏昏欲睡、悄然无声。可是，忽然吹来一阵风，树梢一片片哗哗下垂，好似跌落的波浪。有些地方，穿过去年落下的褐色叶层，长出了粗壮的青草；蘑菇们打着自己的小帽伞，一只只站在那里。突然间蹿出一只雪兔，猎狗汪汪狂吠着疾追上去……

就是这片树林，在晚秋时节，山鹬飞来的时候，是多么美妙啊！山鹬不喜欢待在密林深处：要找它们必须贴着树林边缘走。没有风，也没有太阳，没有亮光，没有阴影，没有运动，没有声响；柔和的空气里弥漫着秋天的芬芳，一种类似葡萄酒香的芬芳；远处黄燎燎的田野上轻笼着一层薄薄的雾气。透过树木那光秃秃的褐色枝条，可以看见静谧的天空在柔和地泛着白光；有些地方的椴树枝上还稀稀疏疏地挂着最后几片金灿灿的叶子。脚下是富有弹性的潮湿的土地；高高的枯草纹丝不动；白亮亮的草叶上，蛛丝闪闪发光。胸膛在平静地呼吸，可是一种奇怪的焦虑却涌上心头。您一边沿着树林边缘往前走，一边照看着狗，与此同时，一些可爱的形象，一些可爱的面容，他们有些死了有些活着，从您的记忆中走了出来，沉睡了很久很久的印象突然苏醒过来；想象好似鸟儿一样振翅疾飞，一切都栩栩如生地活动起来，一一呈现在您的眼前。心儿有时突然颤抖起来，怦怦剧跳，满怀激情地往前飞扑，有时又一去不返地沉浸

在回忆之中。全部生活就像画卷一样轻轻而迅速地铺展开来；一个人透悉了自己过去的一切，自己的全部情感，自己的所有力量，自己的整个心灵。周围没有任何东西打扰他——既没有太阳，也没有风，又没有响声……

而在早晨寒凛凛、白天亮晶晶又冷丝丝的秋日，白桦树就像童话中的树木，全身都金灿灿的，在蓝莹莹的天幕上显现出亭亭玉立的身影；这时候低斜的太阳已不再温暖，但比夏日的太阳更加亮丽；一片小小的白杨树林整个儿通明透亮，似乎觉得赤裸裸地站着既轻松又愉快；谷底还有余霜在闪烁着白光，而清风徐徐吹动，驱飞卷曲的落叶——这时一片片蓝色的波浪在河里欢快地嬉逐，悠闲自在的鹅群和鸭群随波上下，起落有致；远处有一座在柳树丛中半隐半现的磨坊，发出一片咚咚的声响；磨坊上方，一群鸽子在亮盈盈的空气中飞速盘旋，五彩缤纷，令人眼花缭乱……

夏天雾沉沉的日子也同样美妙，虽然猎人们并不喜欢这样的日子。在这样的日子里，无法开枪射击——鸟儿刚从您脚下扑地飞起，转眼就消失在凝滞不动的雾里。然而四周的一切是多么宁静，一种无法形容的宁静！一切都已从睡梦中醒来了，可一切又都寂然无声。您从一棵大树旁走过——它一动也不动，它悠然自得。透过均匀地散布在空气中的淡淡雾气，您发现前面有一长条黑乎乎的地带。您以为它是近旁的树林；您走到跟前——树林却变成了田塍上一排高高的野蒿。在您头顶，在您四周——到处都是蒙蒙白雾……可是，您瞧，风儿轻轻吹动了——一小块湛蓝的天空透过越来越稀、薄如轻烟的雾气隐隐约约地显露出来，金灿灿、黄亮亮的阳光突然闯出，像长长的急流喷射下来，倾泻到田野上，飞射进小树林里——可转眼间一切又消失在浓雾里。这场搏斗持续了很久；但是，光明终于大获全胜，已经被晒得热腾腾的浓雾那最后几个气浪，时而卷成一团，又像桌布那样平平铺开，时而缭绕上飘消失在阳光和煦的蓝晶晶的高空，这一天会渐渐变得多么无法形容的壮丽和明亮……

然而现在您准备到远离庄园的田野上，到草原上去打猎了。您沿着乡间小路行驶了约摸十俄里——瞧，终于来到了大路上。您驶过川流不息的一辆辆大车，驶过大门洞开、院里有水井、屋檐下有茶炊在咕噜咕噜冒着热气的一家家小客店，驶过一个村庄又一个村庄，横穿无边无际的田野，沿着绿蓁蓁的大麻地，您的马车走了很久，很久。一群喜鹊在一棵棵爆竹柳之间飞来飞去；农妇们手里拿着长长的草耙，在田野里慢慢行走；一个过路人身穿破旧的土布外衣，肩上背着一只背包，拖着疲惫的脚步吃力地走着；一辆地主家笨重的轿式马车，套着六匹高大而疲惫不堪的马，迎面向您飞奔过来。车窗里露出车垫的一角，而在马车后脚蹬，一个仆人身穿大衣，紧握缰绳，侧身坐在一只蒲包上，点点泥浆一直溅到他的眉毛上。瞧，您来到一个小县城了，这里有歪歪斜斜的一间间小木屋，不可胜数的一道道篱笆，没有人住的一座座石头店房，高架在深沟上的一道古老的桥……向前，继续向前！……您来到了草原地带。从山顶纵目远眺——多美的风光啊！从上到下都耕种过的一座座圆滚滚、低溜溜的山丘，像一个个巨大的波浪在四散翻腾，灌木林立的一条条溪沟，蛇盘在山丘之间；一片片零散分布的小树林，好似一个个椭圆形的小岛；一条条狭长的小路，接通了一个个村庄；几座教堂白亮亮的；柳枝掩映中透出一条光荡荡的小河，有四个地方筑起了堤坝；远处的田野上有一群大鸨，一只紧挨一只站在那里；一口小池塘边，有一座古老的地主宅院，连同几间杂用房、一个果园和一个打谷场。可是，您还得往前走，再往前走。山丘越来越小，几乎看不见什么树木了。瞧，终于到了——这就是一望无垠、广袤千里的大草原！

而在冬天的日子里，可以踏过高高的雪堆追赶野兔，呼吸着冷森森、寒刺刺的空气，软松松的雪花发出耀眼的细碎光芒，使您不由自主地眯缝起眼睛，欣赏着红闪闪的树林上面那碧澄澄的天空！……而在早春的日子里，四周的一切都闪闪发光，冰天雪地的世界开始融化，透过融雪那浓重的水汽，已经可以闻到暖熏熏的土地气息；在雪已融化的地方，在斜射的阳光下，云雀天真烂漫地纵情歌唱，一条条急流载歌载舞地喧闹着、咆哮着，从这道山沟飞奔向另一道山沟……

不过——现在该结束了。恰好——我又说到了春天：春天是容易离别的季节，春日融融，就连幸福的人们也跃跃欲试，神往远方……再见吧，读者们；祝你们永远称心如意。

1849 年

幽　会

九月中旬的一个秋日，我坐在一片白桦林里。从清早就开始断断续续地下着毛毛细雨，有时又代之以暖柔柔或亮灿灿的阳光；这是个变幻不定的天气。漫漫长空时而整个儿布满了蓬松松的白云，时而有几处地方突然间纤云不染，于是从散开的云彩中露出一汪清澈而可爱的蓝天，恰似一只美丽的眼睛。我静坐着，向四周眺望着，倾听着。树叶在我头上轻轻地簌簌作响；光凭这些簌簌的响声，就可以知道现在是什么季节。这不是春天那种喜气洋洋的欢声笑语，也不是夏天那种温柔的窃窃私语、绵长的絮絮叨叨，也不是深秋那种怯生生、冷冰冰的嘟嘟哝哝，而是一种隐约可闻、睡意蒙眬的喃喃低语。微风轻轻地拂过树梢。被雨水淋得湿漉漉的树林深处，随着太阳金光灿灿或者天空浓云密布而不断变换颜色；它时而到处都亮闪闪的，仿佛其中的一切都突然绽开了笑脸：不太茂密的白桦树的苗条树干，蓦地泛出白绸一般的柔光，落在地上的细碎树叶倏然变得五彩缤纷，并且像赤金那样金光闪闪，而高大繁茂的蕨类植物那美丽的长茎，已经染上了熟透的葡萄一般的秋色，这些长茎晶明透亮，在眼前没完没了地相互绞缠，无尽无休地彼此交错；时而四周的一切又变得青幽幽的：亮丽的色彩转眼间消失了，白桦树全都白直直地站着，没有了光彩，白得就像刚刚落下、还没有接触过冬日寒冷阳光的新雪；接着树林里又悄悄地、顽皮地下起了霏霏细雨，发出一片沙沙的响声。

白桦树上的叶子虽然明显地变淡了一些，但几乎全部都还是绿盈盈的；只是这里那里偶尔长着那么一棵幼小的白桦，树叶儿全都红澄澄的，或者全都金灿灿的，于是你可以看到，当阳光突然穿过云层直射下来，透过刚被晶莹的雨水冲洗过的稠密如网的细枝，如飞一般滑过，七彩闪烁的时候，这棵幼树在阳光中就像一团亮煌煌的燃烧的火。听不到任何一只鸟儿的歌声：鸟儿们全都躲进窝里，一声不响了；只是偶尔传来一声山雀的鸣叫，声音像小铁铃一般，而且富有嘲弄意味。我来这片白桦林逗留前，曾带着狗穿过一片高

高的白杨林。我承认，我不太喜欢这种树——白杨树，不太喜欢它那淡紫色的树干，和那些灰绿色的金属般的叶子，它们尽其所能高耸云端，像一把颤摇摇的扇子伸展在空中；我不喜欢那些笨拙地挂在长叶柄上的零乱圆叶永无休止地摇曳。只是在那么一些夏日傍晚，白杨树才是美丽动人的：它孤零零地高高耸立在低矮的灌木丛中，沐浴着落日红艳艳的光辉，闪闪发亮，簌簌震颤，从根部到顶梢都洒满了清一色的金红——或者，在天朗气清、微风轻拂的日子里，它整个儿在蓝晶晶的天空里簌簌摇曳，喃喃细语，它的每一片叶子都激情满怀，迫不及待，仿佛都想挣脱树枝，凌空飞起，并且疾飞到远方。不过，总的来说，我不喜欢这种树，因此，我没在白杨树林里休憩，而是吃力地走到白桦树林里，栖身在一棵小白桦树下，这棵树的枝叶低低地覆盖着地面，因而可以给我遮雨。我欣赏了一番周围的景色之后，便进入了宁静而温柔的梦乡，这种甜美的滋味只有猎人才能体会到。

我不知道我睡了多久，然而当我睁开双眼——整个树林里面充满了阳光，透过兴高采烈地喧闹着的树叶，到处可见蓝莹莹的天空通明透亮，闪闪发光；浓云被劲吹的大风驱散，无影无踪了；天气晴朗，空气中有一种特别的、干爽的清新，让人心里骤然间朝气蓬勃，并且几乎总是能够预示整日阴雨之后会有一个宁静、晴朗的夜晚。我正准备站起身来，再去碰碰运气，突然一个一动不动的人影吸引了我的视线。我定睛一看，那是一个年轻的农家姑娘。她坐在离我二十步远的地方，若有所思地低着头，一双手无力地垂放在膝盖上；其中一只半张开的手上，放着一束繁茂的野花，这束花随着她的每一次呼吸，悄无声息地滑到了她的方格花裙子上。她身穿一件洁白精致的衬衫，领口和袖口都扣着纽扣，在腰部显现出许多柔和的短短皱褶；大粒的黄色珠串绕成两圈，从脖子上挂到胸前。她长得很漂亮。一头浓密的金发，带点十分好看的浅灰色，精心地分梳成两个半圆形，用一根鲜红的窄窄发带紧紧束住，发带束得很低，几乎压到象牙那样白莹莹的前额上；脸庞的其他部分，被晒成一种金黄的黝黑色，只有细嫩的皮肤才会晒成这种颜色。我无法看见她的眼睛——她没有抬起头来；但我清清楚楚地看见了她那高高的细细的眉毛，她那长长的睫毛湿润柔和，而且，在她的一边脸颊上有干了的泪痕在阳光下闪闪发亮，这泪痕一直滑到略显苍白的唇边。她整个头部都很可爱；即便是稍稍大了一点的圆鼻子也丝毫无损于它的可爱。我特别喜欢她脸部的表情：它是如此纯朴而温柔，如此忧伤，又如此对自己的忧伤满怀稚气的困惑。她显然是在等某个人。树林里传来了轻轻的窸窣声——她立即抬起头来，四处张望。于是在透明的阴影里，她那双像小鹿一样怯生生、亮汪汪的大眼睛，飞快地在我面前骨碌碌一闪。她睁着圆亮亮的眼睛，紧盯着发出轻轻窸窣声的地方，凝神细听了一会，长叹一声，轻轻转回头来，更低地俯下身子，开始慢轻轻地抚弄起野花来。她的眼睑发红，嘴唇痛苦地颤动着，又有新的泪珠从浓密的睫毛下滑出来，停留在脸颊上，熠熠发亮。就这样过了很长时间；可怜的姑娘一动不动地坐着，只是偶尔愁戚戚地摆一摆手，她凝神细听着，一直凝神细听着……树林里又响起了什么声音——她的身子猝然一抖。响声没有停息，而且越来越清晰，越来越近，终于变成了坚定、敏捷的脚步声。她挺直身子，又似乎胆怯起来。她那专注的目光颤抖起来，腾炽起一片期待。密林中迅速闪现出一个男子的身影。她凝神一看，脸腾地涨得通红，

快乐而幸福地笑了，想站起身来，又立即深深低下头去，脸色苍白，羞窘不堪——直到那个男子站到她身边，她才抬起慌乱的、几乎是哀求的目光望着他。

我从自己的隐蔽之处，好奇地看着他。说实话，他没有给我留下什么好印象。这个人，从种种迹象来看，是家财万贯的青年地主家娇宠惯了的侍仆。他的衣着显露了他追逐时尚的热望，并且有一种时髦的散漫，他穿着一件古铜色的短大衣，纽扣一直扣到领口，大概这是从主人身上脱下来的；系着一条两端淡紫的粉红色领带，戴着一顶镶金边的黑天鹅绒便帽，帽檐直压到眉毛上。

他那件白衬衫的圆领硬邦邦地顶着他的双耳，划着他的两颊，而浆硬的袖口遮住了他的整个手掌，只露出红润、弯曲的手指头，指头上戴着几只镶有绿松石勿忘草的银戒指和金戒指。他红光满面，油光发亮，厚颜无耻，他这种脸型，据我观察，属于这样一种类型，几乎总是让男人们感到恶心，然而遗憾的是，却常常深得女人们的欢心。他显然极力在自己那有点粗鲁的面容上，装出一副不屑一顾、郁郁寡欢的神情；他不断眯缝起他那双本来就很小的灰白色眼睛，紧皱双眉，垂下嘴角，不自然地打着呵欠，并且摆出一副漫不经心然而颇为笨拙的放肆姿态，时而理一理神气地鬈曲着的火红色鬓角，时而捻一捻丛立在厚实的上嘴唇上的黄胡髭——总之，装腔作势得令人作呕。他一看见正在等他的年轻农家姑娘，就装模作样起来，他慢腾腾地迈着方步走到她身边，站了一会儿，耸一耸肩，把一双手插进大衣口袋里，同时勉勉强强赏给可怜的姑娘快如闪电的冷漠一瞥，便坐到地上。

“怎么，”他开口说道，继续看着别的地方，摇晃着一条腿，打着呵欠，“你在这里很久了吗？”

姑娘没能立即回答他。

“很久了，维克多·亚历山德雷奇，”她终于开口了，声音低得刚能听见。

“啊！”他摘下帽子，神气活现地用手抚一抚几乎是从眉毛边开始的卷得紧紧的浓密头发，派头十足地环顾了一下四周，又小心翼翼地把帽子轻轻戴在自己宝贵的脑袋上，“可我却忘得干干净净了。而且，你瞧，还下着雨呢！”他又打了个呵欠，“事情多如牛毛，没法照顾到每一件啊，就这样还要挨老爷的骂呐。我们明天动身……”

“明天？”姑娘说着，朝他投去惊慌失措的目光。

“明天……唔，唔，唔，别哭啦，”他看到她浑身颤抖，悄悄地低着头，就赶忙懊恼地说，“好啦，阿库林娜，别哭了。你知道，我受不了这个，”于是他皱了皱自己的圆鼻子，“要不然我马上就离开……真是蠢到家了——抽抽噎噎地哭！”

“唔，我不哭，我不哭，”阿库林娜赶紧说，极力忍住眼泪。“那么您明天就动身了？”她稍稍沉默了一会，又追问了一句。“那什么时候上帝再让我跟您见面呢，维克多·亚历山德雷奇？”

“会见面的，我们会见面的。不是明年——就是以后。老爷呢，看来，是想到彼得堡去做官，”他继续漫不经心地略带鼻音说，“但很可能，我们还会到外国去。”

“您会忘掉我的，维克多·亚历山德雷奇，”阿库林娜愁悒悒地说。

“不，怎么会呢？我不会忘记你的，只是你要聪明点，别傻里傻气，要听你父亲的话……而我是不会忘记你的——绝不会。”于是他若无其事地伸了个懒腰，又打了个呵欠。

“请您别忘了我呀，维克多·亚历山德雷奇，”她用恳求的声音继续说，“我真是太爱您了，我的一切都可以完全献给您……您说，我要听父亲的话，维克多·亚历山德雷奇……可我怎么能听父亲的话呢……”

“那么，为什么呢？”他仰天躺着，双手垫在脑后，这句话仿佛是从肚子里发出来的。

“我怎么能听呢，维克多·亚历山德雷奇，您自己知道的……”

她闷声不响了。维克多玩弄着他那只怀表上的小钢链。

“你，阿库林娜，不是一个傻姑娘，”他终于开口了，“所以别说傻话。我这是希望你好，你领会我的意思吗？当然，你不傻，可以这样说，你还不是一个十足的乡巴佬，你的母亲也并不一直是个乡巴佬。可你毕竟没有文化——所以，别人对你说什么，你就应该听话。”

“这太可怕了，维克多·亚历山德雷奇。”

“咦——咦，真是胡言乱语，我亲爱的，有什么可怕的！你这是什么，”他又说，让身子靠她更近些，“花吗？”

“是花，”阿库林娜垂头丧气地回答。“这是我采来的野艾菊，”她稍稍来了点兴致，继续说道，“这是牛崽很爱吃的。而这个就是鬼针草了——能够治瘰疬。您瞧瞧，这是多么好看的花呀；这样好看的花我有生以来还从没见过呢。这是毋忘草，这是香堇菜……而这是我送给您的，”她说着，从金灿灿的野艾菊底下拿出一小束用细草扎好的蓝莹莹的矢车菊，“您要吗？”

维克多懒洋洋地伸出一只手，接过花来，心不在焉地闻了一下，然后开始用手指转动花束，装出一副若有所思的高傲神态不时抬头望天。阿库林娜望着他……她那忧伤的目光里，饱含着那么多温柔的忠诚、虔敬的顺从和爱情。她又有点怕他，又不敢哭，又要跟他告别，又要最后一次好好看他；而他呢，却像苏丹[1]那样，摊开手脚，

1. 穆斯林上层统治者（皇帝、国王，如奥斯曼帝国、阿曼），以及西非伊斯兰国家大封建主、南阿拉伯某些部族领袖的称谓。

一味懒洋洋地躺着，并且以宽仁大度的耐心和俯就，忍受她的膜拜。说实话，看着他那张红彤彤的脸，我不禁怒火中烧，这张脸上，透过装腔作势的轻蔑和冷漠表情，流露出一种踌躇满志而又感到腻烦的自负神态。在这一瞬间，阿库林娜是如此美丽可爱：她敬若神明、满怀激情地对他敞开了整个心扉，对他依依不舍，万般爱恋，而他……他把矢车菊扔到草地上，从大衣的侧袋里掏出一片镶着铜边的小圆玻璃，开始极力把它装到眼睛上去；但是，无论他怎样费劲地皱紧眉毛、耸起脸颊甚至翘起鼻子，想把小镜片夹住——这小镜片还是滑落下来，掉进了他手里。

“这是什么？”阿库林娜大感惊奇，终于问他。

“单眼镜。”他得意扬扬地说。

“用来做什么？”

“戴上它看得更清楚。”

“请给我看看吧。”

维克多皱起了眉头，但还是把单眼镜递给了她。

“别打碎了，当心点。”

“放心吧，我不会打碎的，”她小心翼翼地把它贴到眼前，“我什么都看不见。”她天真地说。

“你得把那只眼睛眯起来呀，”他像不满意的老师那样教训道。（她眯起了贴着眼镜片的那只眼睛。）“怎么会是这只呢，不是这只，傻妞！是另外一只！”维克多高喊起来，并且根本不等她改正错误，就从她手里一把夺过了眼镜片。

阿库林娜满脸通红，微微一笑，扭过头去。

“可见，我不配用它，”她说。

“那还用说！”

可怜的姑娘沉默了一会，深深地叹了口气。

“唉，维克多·亚历山德雷奇，没有您，我可怎么活呀！”她突然说。

维克多用大衣的前襟擦了擦单眼镜，又把它放回口袋里。

“是啊，是啊，”他终于开口说话了，“最初你会非常难受，这是在所难免的。”他以一种俯体下倾的姿态拍拍她的肩膀。她轻柔柔地从自己肩膀上捧起他的手，羞怯怯地吻了一吻。“唔，是啊，是啊，你确实是个好姑娘，”他自鸣得意地笑了笑，继续说道，“但是，又有什么办法呢？你自己想想看！我和老爷毕竟不能留在这里呀；现在快到冬天了，而在乡下过冬天——你自己也知道——那真是糟糕透顶！在彼得堡那就大不一样了！那里简直妙极了，你这傻妞就是做梦也无法想象得到啊！多漂亮的房子，街道，还有社交，文明——简直让你万分惊奇！……（阿库林娜像孩子一般，微微张开嘴，贪婪地聚精会神地听着他说。）其实，”他在地上翻了个身后，补充说，“我干吗跟你说这些呢？反正你不会明白的。”

“为什么不说呢，维克多·亚历山德雷奇？我明白的，我什么都明白。”

“瞧你多能啊！”

阿库林娜低下了头。

“您以前可不是这样跟我说话的，维克多·亚历山德雷奇，”她说，不敢抬起头来。

“以前？……以前！瞧你！……以前！”他似乎怒气冲冲地说。

他们两人都一声不吭了。

“我可是该走了。”维克多说完，已经用胳膊肘撑起了身子……

“再等一会儿吧。”阿库林娜用哀求的声音说。

“等什么？……要知道，我已经跟你告过别了。”

“再等一会吧，”阿库林娜再次哀求。

维克多又躺在地上，并且吹起了口哨。阿库林娜的眼睛一直直定定地望着他。我看得出来，她渐渐激动起来了：她的双唇颤抖着，她那苍白的脸颊开始红了起来……

“维克多·亚历山德雷奇，”终于，她断断续续地说起来了，“您太狠心了……您太狠心了，维克多·亚历山德雷奇，真的！”

“怎么太狠心了？”他皱紧双眉问道，并且稍稍抬起头来转脸望着她。

“您太狠心了，维克多·亚历山德雷奇。分别的时候，您哪怕对我说句好话也行啊；哪怕对我这个无依无靠的苦命人说上一句话也好啊……”

“可我对你说什么呢？”

“我不知道；这您知道得更清楚，维克多·亚历山德雷奇。您这就要走了，哪怕说一句话也行啊……为什么我要受这种惩罚呢？”

“你这人真是莫名其妙！我又能说什么呢？”

“哪怕说一句话也好啊……”

“哼，总是老调重弹，”他怒悻悻地说，并且站起身来。

“您别生气，维克多·亚历山德雷奇，”她强忍住眼泪，赶紧说道。

“我不生气，只是你太傻了……你想要什么呢？你可知道，我不可能跟你结婚？你可知道，我不可能吗？唔，那你到底还想要什么呢？还想要什么呢？”他直逼逼地望着她，似乎在等她的回答，同时又开了五指。

“我什么……什么也不想要，”她结结巴巴地回答道，并且勉强壮起胆子把一双抖颤颤的手伸给他，“临别的时候，只要您哪怕说上一句话也好啊……”

接着，眼泪便像溪水一样哗哗向下流淌。

“哼，又是老一套，还哭起来了，”维克多把帽子从后面往前推压到眼睛上，冷冰冰地说。

“我什么也不想要，”她双手捂住脸，抽泣着继续说道，“可

是往后叫我在家里到底怎么办呢，到底怎么办呢？我将来到底会碰到什么呢，我这苦命人将来会怎样呢？他们会把我这个无依无靠的人嫁给我不喜欢的人……我真是命苦到了极点啊！”

“呱呱不休，呱呱不休！”维克多在原地徘徊着，小声嘟哝着。

“可他哪怕说一句话也好啊，哪怕只说一句……就说，阿库林娜，就说，我……”

猛然迸发的撕心裂肺的号啕大哭使她无法再说下去——她扑倒在草地上，涕泪交集、呼天抢地地痛哭起来……她的整个身子不停地抽搐着，她的后脑勺不时起伏着……压抑了很久的痛苦终于像急流一般汹涌而出。维克多在她身边站了一会儿，稍等了片刻，就耸耸肩膀，转过身子，迈开大步，扬长而去了。

过了一会儿……她安静下来，抬起头，一跃而起，向四周望了一望，举起两手轻轻一拍；她本想飞奔去追他，可她两腿发软——跪到了地上……我再也忍不住了，就向她直奔过去；但她刚一看见我，突然不知从哪里来的力气——轻轻惊呼了一声，站起身来，消失在树林深处，只留下撒得满地的各种野花。

我站了一会儿，捡起那束矢车菊，走出密林，来到田野上。太阳低垂在白亮亮的天空里，它的光线也似乎变得暗淡，而且寒气袭人，它们失去了光华和力量，扩散成一种均匀的，几乎是无色的光流。离傍晚不到半个钟头了，可是晚霞刚刚开始燃烧。一阵一阵的风，疾驰过黄燎燎、干枯枯的麦茬地，飞快地向我迎面吹来；一片片萎缩卷曲的小叶子，在风中腾地急飞起来，从旁边疾飞过大路，贴着树林边缘飘飞；田野对面墙一般的密林整个儿颤抖着，腾跃着一星星细碎的闪光，清清楚楚，但不耀眼；在红瑟瑟的草上，在草茎上，在麦秸上，触目尽是秋天的蛛网，在起伏波动，在闪闪烁烁。我停住脚步……忧伤袭上我的心头；透过渐趋凋零的大自然那虽然清新但颇为悲凉的笑容，似乎可以感到冬天那可怕的凄凉正在悄悄逼近。一只小心翼翼的乌鸦，扑开双翅，沉重而剧烈地拍打着空气，从我头顶高高地飞过，回过头来斜眼看了看我，接着就向上飞去，断断续续地哇哇叫着，消失在树林后面；一大群鸽子调皮地从打谷场飞起，呼啦啦飞舞着绕了圆圆一大圈，急匆匆地纷纷散落在田野里——这就是秋天的特征！光秃秃的山丘后面，有人驾着大车驶过，空车哐当哐当直响……

我回到了家里；然而，不幸的阿库林娜的形象，久久地活跃在我的脑海里，她那束矢车菊，虽然早已枯萎，但我至今还珍藏着……

1850 年

贝仁家的牧场

这是七月里天朗气清的一个日子，这样美好的日子只有在长久持续好天气的时候才能碰到。大清早就晴空万里，朝霞不是像大火那样熊熊燃烧——它只是向四处弥散柔和的红晕。太阳——不是像热烘烘的旱天那样红灼灼、毒花花的，也不是像暴风雨前那样红惨惨的，而是阳光灿烂，明媚可爱——从一片狭长的云彩下静悄悄地浮出来，放射出鲜丽的光辉，又沉入淡紫色的云雾中。弥散着的长长云彩上面的细边，像蛇一样蜿蜒闪耀，发出刚刚锻造出的银子一般的亮光……

可是，瞧，那嬉闹的阳光又迸涌出来了——于是，又喜气洋洋，又庄严雄壮，如飞一般地升起了一个巨大的球体。临近正午，往往会出现许多圆坨坨、高袅袅的云彩，金灰金灰的，镶着软茸茸的白边。这些云彩就像一座座小岛，散布在无边无际的漫溢的河流上，周围环绕着一条条清粼粼、蓝澄澄的支流，它们几乎纹丝不动；远处，在靠近天边的地方，云彩相互靠拢，挤成一团，完全遮盖了它们中间的蓝天；然而它们本身也像天空一样蓝漾漾的，因为它们全都浸透了蓝光和高热。天边是轻袅袅的淡紫色，整天都没有什么变化，而且四周都是这样；哪儿都没有变暗，哪儿都没有雷雨在酝酿的迹象；只是有些地方从上到下悬挂着一条条蓝湛湛的带子——那是轻洒着的隐约可见的蒙蒙细雨。临近傍晚，这些云彩慢慢消失；最后一批云彩像烟雾一样黑黪黪、昏蒙蒙，在落日的反照中变成玫瑰色

的烟团；在太阳静悄悄地升起又同样静悄悄地落下的地方，红彤彤的霞晖在昏冉冉的大地上空亮丽了不多久，太白星就像有人小心翼翼地端着走的蜡烛一样轻悄悄地颤动着在天空静静闪烁。在这样的日子里，所有的色彩都很柔和；明丽但不浓艳；一切都带有某种动人心魂的温柔意味。在这样的日子里，天气有时酷热难耐，有时原野的坡地里甚至出现“蒸闷”；但风会把积聚起来的暑热吹散、赶走，而一股股回荡的旋风——天气稳定的确凿症候——像一根根白扑扑的高柱，沿着大路飘移，又飞掠过一块块耕地。干爽而洁净的空气里，散发着野蒿、割倒的黑麦和荞麦的气味；甚至在入夜前一小时您都感觉不到一丝湿气。收割庄稼的庄稼人盼望的正是这样的天气……

正是在这样的日子里，我有一次到图拉省契尔诺斯克县去打松鸡。我找到并且打到了相当多的野味，装得满满当当的猎袋勒得我的肩膀生疼，然而，直到晚霞已经消失，空中虽然不再有夕阳残照但还光亮，凉丝丝的暮霭渐渐变浓，开始飞散，我才终于下定决心回家。我快步如飞地走过一大片长长的灌木林“广场”，爬上一座小山丘，看到的却不是我意料中的那块熟悉的平原，右边有一片橡树林，远处有一座低矮的白色教堂，而是我完全陌生、毫不认识的一个地方。一条狭窄的山谷在我的脚下伸展开去。正对面，陡壁似的耸立着一片密森森的白杨林。我困惑莫解地停下脚步，四处张望……“嗨哟！”我心想，“看来我这是完全走错路了，我走得过于偏右了。”于是，我一边为自己的错误感到惊奇，一边敏捷地走下山丘。一股令人恶心的、凝滞不动的湿气立即包围了我，我就像走进了地窖，谷底密丛丛的高高青草全都湿漉漉的，像平铺的桌布白光闪闪，走在上面有点心惊胆战。我赶忙费劲地摆脱出来，走向另一个方向，向左拐弯，沿着白杨林前行。蝙蝠已经在白杨林沉睡的梢顶来回掠飞，在光隐隐的天空神秘地盘旋着，颤动着；一只归晚了的小鹞鹰飞快地径直在高空飞过，赶回自己的窝里。“瞧，我只要走到那个拐角，”我暗自思量，“马上就有路了，可我却走了近一俄里的冤枉路！”

我终于走到树林的拐角，然而那里什么路都没有：一大片没有砍割过的矮矮的灌木丛广阔地展现在我面前，而在它们后面，远远地可以看见一片荒凉的原野。我又停住脚步。“这岂非咄咄怪事？……究竟我这是在什么地方？”我开始回忆，这一天里我是怎么走的，走过哪些地方……“嗨！这不就是巴拉欣灌木林嘛！”我最后叫出声来，“对！而那儿大概就是辛杰耶夫小树林了……可我这是究竟怎么走到这里来了呢？走得这样远？……真奇怪！现在又得朝右边走了。”

我朝右边走去，穿过灌木林。此时，夜色像酝酿大雷雨的浓云一般逼近并浓厚起来；似乎随着夜气的升起，黑暗也同时从四面八方升起，甚至从高处流泻下来。我猛然发现一条人迹罕至、杂草丛生的小路。我就沿着小路往前走，一边留神地注视着前方。周围的一切很快就黑蒙蒙，静悄悄——只有鹌鹑偶尔漏出一声啼叫。

一只小小的夜鸟，轻扇着柔软的翅膀，悄悄地低低疾飞着，几乎撞上我，赶忙胆怯地潜飞到旁边去了。我走到灌木林的边缘，沿着田塍走向田野。我已经很难分辨稍远一些的东西了——四周的田野白蒙蒙的；田野那边，阴沉沉的黑暗绵绵不断地不停升起，大团大团地迫裹过来。我的脚步在凝滞的空气里踏出闷沉沉的回声。暗蒙蒙的天空又开始变得蓝汪汪的——但这已经是夜晚的蓝色了。一颗颗小星星在天空闪闪烁烁，微微颤抖。

我当初认为是小树林的，原来是个黑乎乎、圆溜溜的山冈。“究竟我这是在什么地方啊？”我又一次叫出声来，第三次停住脚步，并且疑惑地看了看自己的英国种黄斑花狗吉安卡——这公认的四脚动物中最聪明的动物。然而这最聪明的四脚动物只是摇着尾巴，闷闷不乐地眨巴着疲倦的眼睛，没有给我任何切实可用的意见。在它面前，我感到惭愧起来，于是我放肆地飞奔向前，仿佛突然间清楚了应该往哪儿走。我绕过山冈，不知不觉走进了一片不太深、周围翻耕过的凹地。一种奇怪的感觉立刻控制了我。这片凹地就像一口名副其实的四边平斜的大锅；它的底部矗立着几块白闪闪的巨石——它们仿佛是爬到这儿来秘密会谈似的。凹地里是如此静寥寥、死沉沉，高悬其上的天空是如此平板板、愁郁郁，竟使得我的心都紧缩起来。一只小野兽在巨石间弱怯怯、悲戚戚地尖叫了一声。我赶忙转身跑上山冈。在此之前，我一直对找到回家的路满怀希望；但此时此刻，我终于确信我完全迷了路，于是丝毫不再试图辨认周围一些几乎已完全被黑暗遮没的地方，不顾一切地就着星光，笔直前行……我艰难地拖着两条腿，就这样走了大约半个小时。我感觉有生以来从未到过如此荒凉的地方：什么地方都看不见一星火光，也听不到一丝响声。一个坡平的山冈紧接着另一个坡平的山冈，原野后面又是绵绵无尽的原野，一片片灌木丛好像突然从地里冒出来，直竖在我的鼻子前面。我继续走着，已经拿定主意，找个地方直躺到天亮，突然却走到一个深渊边上。

我赶忙缩回已经跨出去的一只脚，透过微微透明的朦胧夜色，远远看见下面有一片大平原。一条宽阔的河流呈半圆形环绕着平原向前流去；河水那银灰色的反光，有时模模糊糊地闪烁，显露出河水的流向。我登上的山冈突然像悬崖那样垂下；它那巨大的轮廓黑突突的，在蓝蒙蒙的夜空中显得格外抢眼，就在我脚下，在这悬崖和平原所形成的角落里，在流经此处便像一面静凝的、黑亮的镜子般的河流旁边，在山冈的峭壁下面，有两堆挨得很近的火，喷发出红通通的火焰，冒着烟。火堆周围蠕动、晃荡着几个人影，有时清晰地映出一个鬈发的小脑袋的前半面……

我终于认出了我来到的地方。这片草地叫作贝仁家的牧场，是我们附近这一带著名的地方……然而，回家是完全不可能了，尤其是在深夜；我的两腿已经累得发软。我决定走到火堆边，加入我当成牲口贩子的那伙人，跟他们一起等到天亮。我顺利地来到下面，但我还没来得及放开手里抓住的最后一根树枝，突然两只白闪闪、毛蓬蓬的大狗恶狠狠地吠叫着朝我猛扑过来。火堆周围响起孩子们脆生生的声音；两三个男孩子飞快地从地上站起来。我回答了他们大声的发问。他们跑到我身边，立即唤住对我的吉安卡的出现大吃一惊的两只狗，于是我也走到他们跟前。

我错了，竟把围坐在火堆旁边的人当成牲口贩子。这不过是邻近村子里看守马群的几个农家孩子。在热烘烘的夏季，我们这里经常在夜里把马儿赶出去，在原野上吃草，因为白天苍蝇和牛虻老是搅扰它们的安宁。晚霞中把马群赶出去，朝霞里把马群赶回来——对农家孩子来说，这是心花怒放的大喜事。他们不戴帽子，穿着老旧的短皮袄，骑着最麻利的小驽马向前飞奔，欢天喜地地吆喝着，喊叫着，挥舞着胳膊，晃荡着两腿，高高地一颠一纵，响亮地哈哈大笑。薄轻轻的尘埃像黄乎乎的柱子直竖起来，沿着大路奔驰；马群竖起耳朵疾奔着，齐刷刷的马蹄声传向远方；冲在最前面的那匹鬃毛很长的枣红马，竖起尾巴，不停地变换着步伐，乱蓬蓬的鬃毛上沾满了牛蒡种子。

我对孩子们说，我迷路了，接着就挨着他们坐下来。他们问我是从哪里来的，又沉默了一会，就往旁边让出点地方来。我们稍稍聊了一会。我就躺到一棵叶子被啃光的小灌木底下，开始打量起四周来。好一片奇妙景象：火堆周围有一个圆乎乎、红丝丝的光圈在颤动着，接着似乎被黑暗顶住，而凝滞不动；火焰熊熊，时而向光圈周围投射匆促的反光；细袅袅的光舌舔一舔光秃秃的柳树枝条，

一下子又消踪匿形了——一个个浓黑的、长长的影子刹那间突然闯入，一直冲到火堆上：黑暗与光明展开了搏斗。有时当火势较弱而光圈缩小的时候，在遮逼过来的黑暗中忽然探出一个马头来，长着弯弯的白鼻梁的枣红色的，或者纯白的，一面灵巧地嚼着长长的青草，一面凝神呆呆望着我们，接着又低下头去，立即不见了。只听得到它在继续嚼草，并打着响鼻。从光亮处很难看清黑暗中的情形，因为附近的一切都仿佛蒙上一层近乎黑色的帷幕；然而在靠近天边的远处，隐约可见山冈和树林长长的斑影。黑漫漫、清湛湛的天空，带着它那神秘无比的壮丽，庄严雄伟、高远无极地悬挂在我们头上。呼吸着这醉醺醺、鲜滋滋的特殊气味——俄罗斯夏夜的气味，胸中的甜蜜阵阵潮涌。四周几乎听不到一点喧哗声……只是有时近处的河里传来大鱼突然击浪的哗啦声，岸边的芦苇被漫过来的波浪轻轻摇漾而发出的细细沙沙声……只有火堆静悄悄地毕毕剥剥燃烧着。

孩子们围坐在火堆旁，曾经那么想吃掉我的两条狗也坐在这里。它们对于我的加入仍然不能容忍，睡意蒙眬地眯着眼睛，斜睨着火堆，时而带着非同寻常的自尊感威风地呜呜几声，先是呜呜吼叫，后来是尖声轻嗥，好像在惋惜自己的意图无法实现。孩子们一共有五个人：费佳、巴夫路沙、伊柳沙、科斯佳和瓦尼亚。（我是从他们的谈话中知道他们的名字的，现在我就把他们介绍给读者吧。）

第一个，年纪最大的，是费佳，看上去约摸十四岁。这是一个身材匀称的男孩子，外貌俊美，五官清秀而略显小巧，长着一头黄色的鬈发，一双亮汪汪的眼睛，总是露出一半是快活、一半是漫不经心的微笑。各个方面都显示出，他是来自富裕家庭的孩子，他来到原野上并不是生活的需要，而只是为了好玩。他穿着一件花绿绿的镶黄边印花布衬衫；一件崭新的厚呢小上衣，勉勉强强披在他那窄生生的肩膀上；蓝色的腰带上挂着一把小梳子。他穿的那双正好合脚的短筒皮鞋——肯定不是父亲的。第二个男孩巴夫路沙，头发乱蓬蓬、黑油油的，眼睛灰灰的，颧骨宽宽的，脸庞苍白而有麻点，嘴巴很大，但很端正，整个头部很大，就像人们常说的啤酒锅，身体矮墩墩、笨乎乎的。小家伙并不好看——这是毫无疑问的！但我还是喜欢他：他看上去聪明而爽直，而且他的声音里流露出一种力量。他没法讲究衣着，他全身穿的不过是普通的麻布衬衫和打满补丁的裤子。第三个男孩伊柳沙，外貌相当平凡：鹰钩鼻子，长长的脸孔，眼睛高度近视，脸上流露出一种迟钝的、病态的忧虑神情；他那紧闭的双唇一动也不动，紧蹙的双眉也不舒展开——他似乎怕火而一直眯缝着双眼。他那黄得接近于白色的头发，一小绺一小绺地从压得很低的呢毡帽下面起劲地往外突翘，他只好时常用双手把帽子拉到耳朵上。他穿着一双崭新的树皮鞋，裹着包脚布；一根粗绳子在他身上缠了三圈，精心地束紧他那整洁的黑色长袍。无论是他，还是巴夫路沙，看样子都不出十二岁。第四个科斯佳，是个约摸十岁的男孩子，他那若有所思、郁郁寡欢的眼神引起了我的好奇心。他的脸庞不大，瘦刮刮的，而且长满雀斑，下巴尖尖的，像松鼠一样；嘴巴小得几乎看不出来；然而他那双乌溜溜、水灵灵的大眼睛，却使人产生一种奇怪的印象：它们似乎想要表达出某种意思，而这是他的语言——至少是他的语言——表达不出的。他个子矮小，身体瘦弱，穿着寒碜。最后一个是瓦尼亚，我起初竟没有发现他：他躺在地上，安安静静地蜷缩在一张粗糙不堪的草席子下面，只是偶尔从席子底下露出自己那淡褐色鬈发的头来。这个小男孩最多七岁。

就这样，我躺在旁边的一丛灌木下，打量着这群孩子。有一堆火上挂着一口小小的铁锅；锅里煮着土豆。巴夫路沙负责照看它，他正跪在地上，把一块木片伸进滚沸的水里去扎试。费佳躺着，用一只胳膊撑着头，敞开着厚呢上衣的衣襟。伊柳沙坐在科斯佳的旁边，依旧那样紧张地眯缝着双眼。科斯佳微微低着头，望着远处的某个地方。瓦尼亚在自己的席子下面，一动也不动。我假装睡着了。孩子们渐渐地又打开了话匣。

起初，他们一会儿说这，一会儿又说那，还说到明天要干的活，说到马；可是，突然间费佳转向伊柳沙，似乎接续打断的话题，问他：

“喂，怎么啦，你真的见过家神吗？”

“不，我没有看见他，他可是没法看见的，”伊柳沙用沙哑、无力的声音答道，这声音跟他脸上的表情再相宜不过了，“不过我听见过……而且不止我一个人听见。”

“可他待在你们那里的什么地方呢？”巴夫路沙问。

“在老打浆房。”

“难道你们经常到造纸厂去？”

“当然啦，经常去。我和哥哥阿夫久什卡是磨纸工啊。”

“看不出啊，你还是工人呢！”

“那么，你到底怎样听见的呢？”费佳问道。

“事情是这样的。有一次，我跟哥哥阿夫久什卡，和米海耶夫斯基家的费多尔，和斜眼伊万什卡，和红岗的另一个伊万什卡，还有苏霍路科夫家的伊万什卡，还有另外几个小伙伴，都在那里。我们一共有十来个人——刚好整整一个班，可我们还得留在打浆房过夜，本来不用留在那里过夜的，但监工纳扎洛夫不准我们回家，他说：‘孩子们，你们回家也是闲着啊；而明天活儿很多，孩子们，你们就别回家了吧。’我们就留下来了，大伙儿睡在一起，阿夫久什卡开始说话，他说：‘喂，伙计们，要是家神来了怎么办？’阿夫杰伊[1]的话还没有说完，忽然就有人在我们头顶上方走来走去。我们就躺在下面，可他就在上面，在水轮附近走来走去。我们听见他在走着，木板在他脚下踩弯了，一个劲地咯吱咯吱响；他就在我们头顶走了过去。水突然在轮子上哗啦哗啦流得直响，冲得轮子咿呀咿呀响着转动起来；而水宫[2]的闸板却被放开了。我们很奇怪：到底是谁提起了闸板，让水流起来呢；不过，轮子转了一会，又转了一会，就停了。那个人又往上走到门边，还顺着楼梯开始往下走，就这样往下走，一副不慌不忙的样子；楼梯在他脚下咚咚直响……唔，那个人走到我们的门口了，他等着，等着——门突然砰的一下打开了。我们吓了一大跳，一看——却什么也没有……忽然，我们看见一个大桶的木格子框[3]动起来，往上升，浸了浸水，就这样在空中移过来移过去，好像有人在涮洗它，然后又回到原来的地方。后来，另一只大桶的挂钩被从钉子上摘下来，又挂回去了；后来，好像有人走到门边，又突然猛咳起来，就像羊那样咳嗽，可声音是那样响……我们大家就这样挤成一堆，互相往身子底下钻……哎呀，那一回可真把我们吓坏了！”

“真有这样的事！”巴夫路沙低声说，“那他为什么要大咳不

1. 阿夫久什卡是阿夫杰伊的小名，阿夫杰伊是大名。

2. 水在轮子上流过的地方叫作“水宫”。——作者原注

3. 格子框是一种捞纸浆用的网状物。——作者原注

停呢？”

“不知道，也许是受不了湿气。”

大家沉默了一会儿。

“怎么样，”费佳问道，“土豆煮好了没有？”

巴夫路沙试了试土豆。

“没有，还是生的呢……听，水哗啦哗啦响……”他把脸转向河边，补充说，“大概，是一条狗鱼……瞧，那边一颗小星星落下去了。”

“不，兄弟们，我来给你们讲个故事，”科斯佳用尖细的声音说起来，“你们听着，这是前几天我当面听我老爸讲的。”

“好，我们听，”费佳带着鼓励的神态说道。

“你们都认识加弗利拉，镇上的那个木匠吧？”

“是的，我们认识。”

“你们可知道，他为什么老是那么愁眉锁眼，老是不说话，你们知道吗？他那么不快活为的是这么回事。老爸说，有一次，兄弟们啊，他到树林里去摘核桃。他就是到树林里去摘核桃，才迷了路；他一路走去，天知道，他走到了什么地方。他还是走呀，走呀，兄弟们啊——不对呀！他没法找到路；而野外已经是深夜了。他就一屁股坐在一棵树底下；他说，让我在这里等到天亮吧——他一坐下来，就打起了瞌睡。他刚一打起瞌睡，就突然听见有人叫他。睁眼一看——什么人也没有。他又打起瞌睡来——又有人叫他。他又睁开眼睛一看，再看：看见他前面的树枝上坐着一条美人鱼，摇晃着身子，正在叫他到她跟前去，而她自己却在笑着，笑得要死……月亮光皎皎的，照得到处亮灿灿的，清清楚楚——兄弟们啊，什么都看得见。就是她在叫他，她坐在树枝上，全身是那样白光光，亮闪闪，好像一条鲤鱼或者鮈鱼——要么就像一条鲫鱼，白皓皓，银晃晃……加弗利拉木匠呢，简直呆怔怔的，兄弟们啊，可是她还在放肆哈哈大笑，而且还老是那样招手叫他到自己跟前去。加弗利拉本来已经站起来，想要听从美人鱼的话了，兄弟们啊，可是准是上帝提醒了他：他就在身上划了个十字……可是，就连划十字也那么费劲啊，兄弟们啊；他说，他的手简直像石头一样，不能转动……哎呀，真难受啊，唉！……他刚一划完十字，兄弟们啊，那美人鱼就不笑了，反倒忽然大哭起来……她哭着，兄弟们啊，用头发擦着眼泪，而她的头发绿生生的，就像大麻一样。加弗利拉就这样看着她，看着她，然后开口问她：‘林妖，你为什么哭？’那美人鱼却对他说起话来，‘人啊，你不该划十字呀，’她说，‘你应该同我快快活活过一辈子啊。我哭，我伤心，是因为你划了十字；而且将不只是我一个人伤心，你也要同样伤心一辈子。’她说完这话，兄弟们啊，就消失不见了，而加弗利拉马上就知道了怎么从树林里走出去……只是从那个时候起，他就总是愁眉锁眼了。”

“嗨！”费佳沉默了一会儿说道，“这个林妖又怎么可能伤害一个基督徒的心灵呢——他不是根本没听她的话吗？”

“真是呀，你看怪不怪！”科斯佳说，“加弗利拉还说，她的声音那么尖细，那么悲哀，就像癞蛤蟆的声音。”

“这是你老爸亲口讲的吗？”费佳又问道。

“亲口讲的。我躺在高板床上，全听见了。”

“真是怪事！他为什么愁眉锁眼呢？……而她叫他过去，明摆着是喜欢他。”

“嘿，还喜欢他呢！”伊柳沙接过话来，“说的什么话！她想

呵他的痒痒，她想的就是这档子事。她们这些美人鱼啊，就喜欢干这种事。”

“可要知道，这里兴许也有美人鱼呢。”费佳提醒道。

“不，”科斯佳答道，“这地方干干净净，空空旷旷。只是——离河太近了。”

大家都默不作声了。突然，远处传来拖得长长、清脆嘹亮、几乎像痛苦呻吟般的声音，这是一种神秘的夜声，往往出现在万籁俱寂的时候，它逐渐升起，停在空中，慢慢扩散，最后终于似乎消逝了。留神细听——又好像什么声音也没有，但还是在响着。仿佛有人在天尽头久久地，久久地不断呼喊，另一个人则似乎是在树林里用尖细、刺耳的哈哈大笑来加以回应，接着，一阵微弱的咝咝声掠过河面。孩子们面面相觑，打了个哆嗦……

“上帝保佑！神与我们在一起！”伊利亚[1]低声念叨。

“啊哈，你们这些马大哈！”巴威尔[2]叫了起来，“慌乱什么呢？你们瞧，土豆熟了。（大家刷的一下凑到铁锅前，开始吃热气腾腾的土豆，只有瓦尼亚一动不动。）你到底怎么啦？”巴威尔说。

但他并未从自己的草席下爬出来。铁锅很快就空空如也。

“啊，伙计们，”伊柳沙开始说，“你们听说过前不久在我们瓦尔纳维茨发生的事吗？”

“是在堤坝上吗？”费佳问道。

“对，对，是在堤坝上，在堤坝决口的地方。那可实在是个闹鬼的地方，鬼气森森，又那样偏僻。四周都是那么一些凹地、冲沟，而冲沟常常有卡尤里[3]。”

“呃，发生了什么事呢？你说呀……”

“噢，发生了这么一回事。费佳，你也许不知道，就在我们那儿埋着一个淹死的人；而他是很久很久以前，池塘还很深的时候淹死的；不过他的坟墓现在还看得见，只是勉勉强强看得出来，就剩

1. 伊利亚是伊柳沙的大名，伊柳沙是小名。

2. 巴威尔是巴夫路沙的大名，巴夫路沙是小名。

3. 卡尤里，是奥尔洛夫地方人对蛇的称呼。——作者原注

下——一个小土包……就在前几天，管家把看猎狗的叶尔米勒叫去，对他说：‘叶尔米勒，你到邮局去一趟。’我们那儿的叶尔米勒常常去邮局，他把自己的狗全都折腾死了，狗在他手里不知道怎么的就是全都活不长，总是活不长，可他倒是个很好的驯犬高手，能摆平一切。于是叶尔米勒就骑上马到邮局去了，并且还在城里耽搁了一会儿，不过，回来的时候他已经喝醉了。已经是晚上了，是个明亮的夜晚，圆月高照……叶尔米勒就骑着马走过堤坝：他必须要走这条路。看猎狗的叶尔米勒就这样骑马走着走着，于是看见在淹死的人的坟墓上，有一只小绵羊正在不慌不忙地走来走去，白茸茸的，一身卷毛，好看极了。于是叶尔米勒心想：‘我这就把它捉住，干吗让它白白跑掉呢。’于是他下了马，一把把它抱在手里……那只羊呢——倒也乖乖的。叶尔米勒就走到马跟前，可是那匹马却瞪着眼睛向后退去，打着响鼻，摇着头儿；但是他喝住了马儿，抱着羊骑到它背上，又继续向前走——他把羊放在自己面前。他看着羊，那羊也直盯盯地看着他的眼睛。看猎狗的叶尔米勒，他开始心惊肉跳：他说，我从来没见过羊这样瞪着眼睛看人。不过，没什么；他就开始起劲地抚摸羊的毛——口里说着：‘咩，咩！’而那羊突然龇出牙齿，也对他叫着：‘咩！咩！’……”

讲故事的人还没有来得及说完这最后一句话，两只狗突然一下子同时站起身来，狂躁地吠叫着，从火堆边冲了出去，飞奔向前，消失在黑暗中。孩子们全都吓坏了。瓦尼亚从自己的草席底下腾地一跃而起，巴夫路沙高喊着跟着两只狗跑去。狗叫声很快就响起在远处……只听见受惊的马群乱慌慌的奔跑声。巴夫路沙在大声喊着“阿灰！茹奇卡！……”过了一会，狗叫声静默了。巴夫路沙的声音已经从远处遥遥传来……又过了一会儿，孩子们困惑不解地面面相觑，好像在等待着将会发生什么事情……忽然嗒嗒响起一匹奔马的蹄声；这马猛然停在火堆旁，巴夫路沙抓住马鬃，敏捷地跳下马来。两只狗也跳进火光圈中，立即坐下来，吐出红红的舌头。

“那边怎么啦？发生了什么事？”孩子们问道。

“没什么，”巴夫路沙朝马儿挥了挥手，答道，“是这样，狗嗅到了什么。我想，是狼吧。”他一边呼哧呼哧地喘着粗气，一边用若无其事的语气补充说。

我情不自禁地欣赏了一阵巴夫路沙。此时此刻他非常可爱。他那张并不漂亮的脸庞，由于骑马快跑而显得生气勃勃，闪射着勇猛果敢、坚毅刚强的光辉。他手里没拿一根棍子，就在深夜孤身一人毫不犹豫地去赶狼……“多么可爱的孩子啊！”我望着他，心想。

“怎么，你们见过狼啊？”胆小鬼科斯佳问。

“这里向来有很多狼，”巴威尔答道，“只不过它们冬天才骚扰人。”

他又在火堆前蜷曲着身子。他坐在地上，用一只手摸摸一只狗毛蓬蓬的后脑勺，于是那受宠若惊的畜牲带着感激的得意神气从旁边望着巴夫路沙，很久没有转过头去。

瓦尼亚又钻到草席底下。

“你给我们讲了多么可怕的事儿，伊柳什卡[1]，”费佳说起话来，他作为富裕农民的儿子，因此总是带头说话（可他自己很少说话，似乎怕说多了有失自己的体面）。“就连这两只狗也像见了鬼似的汪汪乱叫起来……不过我确实听说过，你们那地方闹鬼。”

“瓦尔纳维茨吗？……那还用说！早就闹什么鬼了！听说，有人在那里不止一次看见从前的老爷——死去的老爷。听说，他穿着长襟外套，老是这样唉声叹气，在地上寻找着什么东西。有一次特罗菲梅奇大爷碰见他，就问：‘伊万·伊万内奇老爷，您在地上找什么呢？’”

“他问他吗？”毛骨悚然的费佳插嘴说。

“是的，问他。”

1. 伊柳什卡是伊利亚的昵称。

“嘿，这位特罗菲梅奇可真是好样的……噢，那个人又怎么说呢？”

“他说：‘我在找断锁草[1]。’说话的声音低沉沉的：‘断锁草。’‘可你要断锁草干什么呀，伊万·伊万内奇老爷？’他说：‘坟墓里憋压得慌，憋压得慌，特罗菲梅奇，我想出来啊，想出来……’”

“你瞧，多离奇！”费佳说，“就是说，他觉得还没有活够。”

“多奇怪！”科斯佳低声说道，“我以为只有在追荐亡人的星期六才能看见死去的人呢。”

“死去的人随便什么时候都能看见，”伊柳什卡很有把握地接着说。据我观察，所有孩子中，他最了解乡村的一切迷信传说。“不过，在追荐亡人的星期六，你还能看到轮到这一年死的活人。只要夜里坐在教堂门口的台阶上，一直望着大路。那些从你面前大路上走过的人，就是这一年里要死的人。去年，我们那里的老婆婆乌里雅娜就到教堂的台阶上去过。”

“噢，那她看见过什么人没有？”科斯佳好奇地问。

“当然啦。起初她坐了很久很久，一个人也没看见，也没有听到什么……只是老是好像有一只狗在什么地方一个劲地叫着，叫着……突然，她看见了：大路上走着一个穿一件衬衫的男孩子。她仔细一看——路上走着的是伊万什卡·费多谢耶夫……”

“就是春天死了的那一个吗？”费佳插嘴问道。

“就是他。他走着，头也不抬地走着……可乌里雅娜已认出他了……可是后来，她又看见一个老婆婆走来了。她看了又看，看了

1. 断锁草是俄罗斯童话里的一种神草，碰到锁闩，可以断锁开闩。

又看——哎呀，上帝啊！是她自己在路上走着，是乌里雅娜自己！”

“真是她自己吗？”费佳问。

“千真万确，是她自己。”

“那又怎样，可她不是还没有死吗？”

“可一年也还没过完呢。你再瞧瞧她，只剩一口气了。”

大家又哑然无语了。巴威尔把一把枯枝扔进火里。枯枝在腾地燃烧起来的火焰中立刻变黑，毕毕剥剥地响着，冒出青烟，渐渐弯曲，烧着的一端稍稍翘起。火光一阵阵颤动着，射向四面八方，特别是射向上方。突然不知从什么地方飞来一只雪白的鸽子——径直飞进这光圈里，全身沐浴着热烘烘的火光，怯生生地在光圈中打了几个转转，就振开双翅，刷地飞走了。

“它迷路了，回不了家了，”巴威尔发现了，“现在只能飞呀飞呀，碰上能歇脚的地方，就在那里待一宿。”

“呃，巴夫路沙，”科斯佳轻声问，“这是不是一个虔诚的灵魂飞到天上去呀，啊？”

巴夫路沙又把一把枯枝扔进火里。

“也许是，”他终于说。

“喂，巴夫路沙，请告诉我，”费佳开口说，“你们沙拉莫夫那儿也看得见天兆[1]吗？”

“就是太阳一下子看不见了？当然也能看见。”

“想必你们也都吓坏了吧？”

1. 我们那里的农民把日食叫作“天兆”。——作者原注

“不光是我们呢。我们的老爷，虽然早就对我们说过，他说你们就要看到天兆了，可是等天黑昏昏的时候，听说他自己也差点吓破胆。而在仆人房里，那个做饭的婆娘，刚一看到天黑下来，你瞧，就一把抄起炉叉，把炉灶上的砂锅瓦罐全都打碎了，她说：‘现在谁还要吃东西呀，世界的末日到啦。’这下子菜汤流了个满地。哦，兄弟，在我们村里还流传着这样的说法，说什么白狼遍地跑，把人全吃掉，猛禽飞得凶，那个特里希卡[1]露真容。”

“这个特里希卡是什么？”科斯佳问。

“你还不知道吗？”伊柳沙热情似火地接话说，“唉，兄弟，你到底是从哪里掉下来的，连特里希卡都不知道？你们村里人老是坐在家里大门不出吧，这真是不出家门什么都不知道啊！特里希卡——是个非常厉害的人，他就要来了；他是这么厉害的一个人，他要是来了，你抓不住他，怎么着都奈何不了他，他就是这么厉害的一个人。比方说，农民们想抓住他，拿起棍棒去追他，把他团团围住，可是他会障眼法——他一障住他们的眼睛，他们自己就会互相打斗起来。比方说，把他关进监牢里，他会请求用勺子舀点水喝，等到把勺子拿给他，他就钻进勺子里，连影子都找不到了。给他戴上镣铐吧，可他只要两手一挣——镣铐就哗啷一声落到地上。哎，就是这个特里希卡要走遍乡村和城市；就是这个特里希卡，这个恶魔，要来诱惑基督徒了……唉，可是怎么着都奈何不了他……他就是这样一个非常厉害的恶魔。”

“唔，是的，”巴威尔用他那从容不迫的声音接着说，“是这

1. 迷信传说中的“特里希卡”，大概来自反基督者的故事。——作者原注

样一个人。我们那里的人就是在等他来。老人们都说，天兆一出现，特里希卡就要来了。这不，天兆真的出现了。所有的人都纷纷走到街上，走到田野里，等待着发生什么事情。而我们那里，你们知道，是个敞阳、开阔的地方。大家正在望着——忽然从镇子那边的山上走来一个人，样子很诡异，脑袋很奇怪……大家一起高叫起来：‘哎呀，特里希卡来了！哎呀，特里希卡来了！’就都不管方向地狂躲。我们的村长钻进了沟里；村长太太卡在大门下的空隙里出不来，拼命喊叫，把自己的看家狗都吓坏了，那狗挣脱锁链，跳过篱笆，钻进树林里了；还有库兹金的老爹多罗费伊奇，跳进燕麦地里，蹲下来，拼命学鹌鹑叫，他说：‘也许，杀人恶魔会怜悯一只鸟吧。’大家都吓成了这副样子！……可是，这个走来的人却是我们的箍桶匠瓦维拉：他给自己新买了一只小木桶，就把空木桶戴在头上。”

所有的孩子都笑了起来，接着又沉默了一会，这也是在野外谈话的人们常有的情形。我环视四周：夜庄严而雄伟，后半夜潮乎乎的凉气替换了午夜前干燥的温暖；夜像软茸茸的帐幕一样，还要在沉睡的原野上垂挂很长一段时间；还要很长一段时间，才能听到清晨第一阵喋喋声，第一阵沙沙声和簌簌声，才能看见黎明时分初降的露水。天空没有月亮，这些日子里，她总是很迟才升起。无数金灿灿的星星，似乎都在争先恐后地闪烁着，顺着银河的流向静悄悄地流动，真的，望着星星，您似乎隐隐感觉到地球在不停地飞速运转……一种奇怪、尖锐、痛苦的叫声，突然接连两次从河面上传来，过了不多一会儿，又在远些的地方重复着……

科斯佳打了个哆嗦……“这是什么声音？”

“这是鹭鸶在叫，”巴威尔镇定自如地回答。

“鹭鸶，”科斯佳重复着，“可是，巴夫路沙，我昨天晚上听到的是什么呀，”他稍停了一会儿，又说，“你，也许，知道吧……”

“你听到什么了？”

“哦，我听到的是这么一回事。我从石头岭到沙什基诺去，起初我一直在我们的榛树林里走，可后来走到了草地——你知道，那里有个崖角[1]，而那里本来就有个深坑[2]，你知道，坑里长满了芦苇。当时我就从这个深坑边走过，兄弟们啊，忽然听到深坑里有人呻吟起来，是这样悲伤，这样悲伤：呜——呜……呜——呜……呜——呜！我都吓蒙了，兄弟们啊：时间已经很晚了，而且那声音又是那样悲惨。这么一来，连我自己好像也哭起来了……这到底是怎么回事呢？啊？”

“前年夏天，一伙强盗把护林人阿金淹死在这深坑里了，”巴夫路沙说明道，“这也许是他的灵魂在诉苦喊冤吧。”

“噢，原来是这样，兄弟们啊，”科斯佳睁大了他那双本来不太大的眼睛，说道，“我还不知道是淹死在这个深坑里呢，要是知道的话，魂都会吓掉呢。”

“不过，听说，那里有一些很小的蛤蟆，”巴威尔接着说，“它们叫起来也是这样悲伤。”

“蛤蟆？嚯，不，这不是蛤蟆……这怎么会是……（鹭鸶又在河面上叫了一声。）咳，又是它！”科斯佳情不自禁地说出来，“好像是林妖在叫。”

---

1. 崖角是沟壑急转弯的地方。——作者原注

2. 深坑是很深的水坑，里面积着春汛过后留下来的春水，到夏天也不干涸。

“林妖可不会叫，他是哑巴，”伊柳沙接过话来，“他只会拍手，拍得噼噼啪啪一片响……”

“怎么，你见过他，见过林妖吗？”费佳嘲弄地打断他的话。

“不，没有见过，上帝保佑可别让我见到他；可是别人见过。就在前几天，他迷住了我们那里的一个农民：他领着他在树林里走啊，走啊，老是在一个地方转圈圈……直到天亮才好不容易回到家里。”

“那么，他是看见林妖了啰？”

“看见了。他说，林妖大乎乎，高巍巍，黑黢黢的，遮裹着身子，就好像藏在树背后，看得不大清楚，一双大眼睛，好像是在躲开月光，望着，望着，不停地眨巴，眨巴……”

“唉，你呀！”费佳轻轻哆嗦了一下，耸了耸肩膀，激动地说，“呸！”

“可为什么世界上要生出这种坏东西呢？”巴威尔说道，“真是的！”

“你别骂，当心点，他会听到的，”伊利亚提醒道。

大家又开始沉默了。

“快看呀，快看呀，伙计们，”突然响起瓦尼亚的童声，“快看天上的星星吧——就像密密麻麻的蜜蜂！”

他从草席底下伸出自己那嫩鲜鲜的小脸蛋，用小小拳头支撑着，慢慢地向上抬起自己那双沉静的大眼睛。所有孩子的眼睛都仰望着星空，望了好一阵子。

“喂，瓦尼亚，”费佳亲热地说，“你姐姐安纽特卡身体好吗？”

“身体好，”瓦尼亚回答，他有点发音不清楚。

“你问问她——她为什么不来跟我们玩？……”

“我不知道。”

“你告诉她，叫她来玩。”

“我会说的。”

“你告诉她，我有礼物要送给她。”

“那你也送我吗？”

“也送给你。”

瓦尼亚叹了口气。

“唔，算了，我不要。你最好还是送给她吧，她是我们那儿最棒的人。”

瓦尼亚又把自己的头缩回草席里。巴威尔站起身，随手拿起空空的小铁锅。

“你去哪里？”费佳问他。

“去河边，打点水来，我想喝点水。”

两只狗站起来，跟着他走去。

“当心点，别掉到河里去！”伊柳沙冲他的背影喊着。

“他怎么会掉到河里呢？”费佳说，“他会小心的。”

“是的，他会小心。可什么事都可能发生：就在他弯下腰去舀水的时候，水怪就一把抓住他的手，把他拖进水里。以后人们会说：这孩子掉到水里了……可是，这怎么会是掉下去的呢？……”他凝神听了一会，补充道，“听，他钻进芦苇里了。”

芦苇的确朝两边分开，像我们常说的“沙沙作响”。

“可这是真的吗，”科斯佳问，“傻子阿库丽娜掉到水里后就疯了？”

“是从那以后……现在她成了什么样子！可是听说，她从前是个美人儿呢。水怪把她糟蹋了。他大概没有想到人们会很快把她救上来。他就在水底下，把她给糟蹋了。”

（我本人不止一次碰到这个阿库丽娜。她穿着烂兮兮的衣服，瘦得可怕，脸像煤炭那样黑糊糊的，目光迷迷瞪瞪的，总是龇着牙齿，常常一连几个小时在大路上的某个地方原地踏步，瘦筋筋的两手紧紧贴在胸前，像笼中的野兽一样慢慢地交替倒换着两只脚。无论对她说什么，她都丝毫不懂，只是有时痉挛地哈哈大笑。）

“可听说，”科斯佳继续说，“阿库丽娜是因为被情人欺骗了，才跳河的。”

“就是因为这件事。”

“可你还记得瓦夏吗？”科斯佳伤心地接着说。

“哪个瓦夏？”费佳问道。

“不就是淹死的那一个嘛，”科斯佳回答道，“就是在这条河里。多好的一个孩子啊！唉唉，这孩子可真好啊！他母亲费克丽斯塔可真是爱死了他，爱死了瓦夏啊！她，费克丽斯塔好像早有预感，他会淹死在水里。夏天，有时瓦夏跟我们小伙伴一块去河里洗澡——她就浑身簌簌发抖。别的娘儿们都没什么，只管端着洗衣盆一窝蜂从旁边走过，可费克丽斯塔却把洗衣盆放到地上，大声叫唤起他来：‘回来吧，回来呀，我的亲爱的！哎呀，回来吧，我的小鹰！’只是，天晓得他是怎么淹死的。他在岸边玩耍，她母亲也在那里，在把干草扒到一块，突然听见好像有人在水里咕咕吐气泡——一看，就只有瓦夏的一顶小帽子在水上漂着了。打那以后，费克丽斯塔就精神失常了，她常常走到他淹死的地方去，躺在那里；她躺着，兄弟们啊，还唱着歌——你们可记得，瓦夏老是爱唱那么一首歌吧，她唱的也就是那一首歌，要不，她就哭啊，哭啊，苦滴滴地向上帝诉说……”

“瞧，巴夫路沙回来了，”费佳说。

巴夫路沙端着满满一小锅水，走到火堆前。

“喂，伙计们，”他沉默了一会，开口说，“事情不妙。”

“什么事啊？”科斯佳急不可耐地问。

“我听到了瓦夏的声音。”

大家都簌簌颤抖了一下。

“你怎么啦，你怎么啦？”科斯佳嘟嘟囔囔地说。

“真的。我刚刚弯腰去打水，就突然听见大概是瓦夏的声音在

叫我的名字，那声音就好像是从水底下传出来的：‘巴夫路沙，啊，巴夫路沙，到这里来。’我走开了。不过，我还是打了水。”

“哎呀，你呀，上帝保佑！哎呀，你呀，上帝保佑！”孩子们一边划着十字，一边念叨。

“这可是水怪在叫你呀，巴威尔，”费佳接着说，“而我们刚刚正在谈他，正在谈瓦夏呢。”

“哎呀，这可是不好的兆头，”伊柳沙一字一顿地慢慢说道。

“嘿，没什么，由它去吧！”巴威尔斩钉截铁地说，随即又坐了下来，“自己的命运是没法逃脱的。”

孩子们都安静下来。显然，巴夫路沙的话对他们产生了深刻的影响。他们纷纷在火堆旁躺下，好像准备睡觉了。

“这是什么？”科斯佳突然稍稍抬起头问道。

巴威尔凝神听了一会。

“这是小山鹬飞过，是山鹬在叫呢。”

“它们这是飞到哪里去啊？”

“听人说，就是一个没有冬天的地方。”

“难道真有这样的地方？”

“有啊。”

“很远吗？”

“很远，很远，在温暖的大海那边。”

科斯佳叹了口气，闭上了眼睛。

从我坐在孩子们身旁算起，已经过去三个多钟头了。月亮终于升起来了，我没有立即发现它：它是那样细弯弯、窄溜溜的一钩月牙。这没有月光的夜晚，看上去依旧像往常那样壮丽……不过，不久前还高挂在天空的许多星星，已经落到大地黑蒙蒙的边缘上；四周早已真正的万籁俱寂，就像平常将近黎明时万籁俱寂一样：一切都沉浸在黎明前香酽酽、静悄悄的睡梦中。空气中已经闻不到浓烈的气味了——湿气似乎又在渐渐弥漫……短促的夏夜！……孩子们的谈话声随着火光一起停息了……连那两只狗也打起了瞌睡；借着微微闪烁的暗幽幽星光，我看见马也躺下了，低着头……轻微的倦意支配着我，这倦意很快就变成了瞌睡。

一阵清风拂过我的脸颊。我睁开眼睛：天已破晓，朝霞还没有在任何一个地方发出红晕，但是东方已经开始发白。周围的一切都开始看得见了，虽然还模模糊糊。灰苍苍的天空渐渐变亮，渐渐变凉，渐渐变蓝，一颗颗星星一会儿闪着微光，一会儿又消失无踪；地面潮湿起来，树叶上露珠晶莹，一些地方开始传来生气勃勃的各种响声和人声，轻拂拂的晨风已经在大地上徐荡慢移。我的身体产生轻松、愉快的颤动来回应晨风。我一骨碌爬起来，向孩子们那边走去。他们在阴燃的火堆周围睡得像泥巴一样；只有巴威尔微微抬起上半身，凝神看了看我。

我朝他点了点头，然后沿着白雾蒙蒙的河岸往家里走去。我走了还不到两俄里，在我周围，在宽绰绰、湿漉漉的草地上，在前面那些绿微微的山冈上，从树林到树林，在后面长长的灰土路上，在一丛丛亮闪闪、染得红溜溜的灌木上，在越来越稀薄的雾气中羞羞答答地露出一丝蓝色的河面上——都洒满了鲜灵灵、热烘烘的阳光，起初是鲜红，后来是大红、金黄……万物都活动起来，睡醒了，歌唱了，喧闹了，说话了。到处都有大颗大颗的露珠像亮熠熠的金刚石一样红光闪闪；朝我迎面飘来的，是仿佛也被早晨的清凉滤洗过的清新、纯净的钟声；忽然，一列恢复了精神的马群，由我熟悉的那些孩子们赶着，从我身边疾奔过去……

非常遗憾，我必须补充一句，就在这一年巴威尔死了。他不是淹死的，他是从马上掉下来，摔死的。太可惜了，一个多么可爱的少年！

1851 年

谈谈夜莺

亲爱的、最尊敬的 C.T.，您是各种打猎活动的爱好者和高手，现特寄去一篇关于夜莺的短文，讲述的是夜莺的歌唱以及怎样喂养、捕捉夜莺等等，这是我根据一个家仆出身的、有经验的老猎人[1]的口述笔录下来的。我尽量保留他的所有用语和说话的风格。

库尔斯克的夜莺总被认为是最好的，可近来它们也差劲了。眼下最好的夜莺，要数边境别尔季切夫附近逮到的了，就在离别尔季切夫十五俄里的地方，有一座林子，叫作特列亚茨基，那儿出产的夜莺最好。逮夜莺的时间在五月初。它们大都待在稠李丛、小树林和长着树的沼泽地里；沼泽地里的夜莺——最是金贵。它们在叶戈里耶夫日[2]前两三天飞来；不过起初它们轻声低唱，只是快到五月才得劲，唱个不停。听它们唱歌要在黎明和深夜，但是最好还是在黎明，有时得通宵坐在沼泽地里听。我和同伴有一次差点冻僵在沼泽地里：夜里变得冷浸浸的，早晨水面结了一层发面煎饼那么厚的冰，可我只穿了一件夏天的劣质长衫。我只好在两个小草墩当中蜷成一

1. 指屠格涅夫的打猎好友阿法纳西·季莫费耶维奇·阿利法诺夫，1854 年 11 月 6 日傍晚，屠格涅夫请他到自己书房里，讲述夜莺的故事，本文即据此整理而成。《猎人笔记》中的叶尔莫莱也以他为原型。

2. 在 4 月 23 日。

团，脱下长衫，蒙头罩着，在长衫里面朝着自己的肚子呼吸；后来一整天都牙齿格格直打战。逮夜莺这事儿不算太难：首先得好好听，搞清它待在哪儿，然后在灌木林近旁清整出一小块场地，安好逮鸟的东西，拴住雌鸟的两只小脚，让它起劲跳动，而你自己躲起来，吹起专门用来诱鸟的木笛。逮鸟的东西不大，就用网做成——装在两根弓形杆子上。一根弓形杆子得牢牢固定在土里，而另一根只要

随便插进土里——可得拴上一根绳子。夜莺一从上面飞向诱鸟——马上就拉一下绳子，逮鸟的网就往后倒下。有些夜莺性急如火，一看见诱鸟，立马就像子弹一样飞射下来；可有些忒小心，先低飞过来，瞅了又瞅——搞清是不是它的女伴。小心的夜莺最好用大网来逮。网要织成五俄丈[1]长；把它撒在灌木林上或者枯枝堆上，不过要撒得松松的；一等夜莺飞下来——你就起身把它赶进网里，它总是贴着地面飞——这就挂在网眼上了。用大网逮鸟，不用诱鸟也行；只要吹吹诱鸟笛。逮住了夜莺，马上捆住它两只翅膀尖，不让它扑腾，赶紧把它塞进鸟箱——这种箱子做得矮矮的，从上到下蒙着一块粗麻布。逮到的夜莺要用蚁卵喂养——量要少，但要喂得勤点，它们很快就会习惯，开始啄食。把活蚂蚁放进鸟箱也不碍事：有些沼地上的夜莺不认识蚁卵——从来没有见过。瞧，可蚂蚁刚一开始搬运蚁卵——引发了它的兴致——就会开始啄食它们。

我们这儿[2]的夜莺很糟：唱得太难听，什么也听不出来，各种唱段混成一堆，吱吱啾啾乱叫，急急火火快唱；而它们还有一个品种玩的把戏最可恶：好好这样唱着“突呜”，突然变了：“喽！”——就像掉进水里一样地尖叫起来。好的夜莺的歌声应该唱得清清楚楚，各种唱段不会混在一起——而常见的唱段有这样一些调儿：

第一种：普尔调——就这样：普尔，普尔，普尔，普尔……

第二种：克雷调——克雷，克雷，克雷，就像黑啄木鸟啄树。

1.1 俄丈等于 2.134 米。

2.指姆岑斯克、切尔斯克、别列夫斯克县。——作者原注第三种：笃笃调——就像一批霰弹笃笃笃笃撒落地上。

第四种：颤音调——特尔尔尔尔尔尔尔……

第五种：扑棱调——差不多听得很清楚：扑棱，扑棱，扑棱。

第六种：木笛调——这样拖着长音：咯——咯——咯——咯——咯，而最后是一声短音："嘟！"

第七种：布谷飞行调。这是最稀有的唱段；我一辈子只听过两次——而且两次都在季姆斯克县。布谷鸟飞行时，就这样叫。那么有力，那么响亮。

第八种：公鹅调。嘎——嘎——嘎——嘎……小阿尔汉格尔斯克地方的夜莺，这种唱段唱得最好。

第九种：林百灵调。林百灵——是一种像云雀的鸟，或者就像管风琴那样——叫声可真圆润：啡呦咿呦咿呦咿呦咿呦……

第十种：开场调。就这样：叽咿——喽啾，声音柔和，就像红胸鸲。严格说来，这不是唱段，可夜莺一般就是这样开场。唱得好听、有腔有调的夜莺还经常这样：开始是——叽咿——喽啾，而接着是——"嘟克！"这叫作打奔儿。然后又是——叽咿——喽啾……"嘟克！""嘟克！"打两次奔儿——不完全打出来，这样更好。第三次叽咿——喽啾，这狗崽子突然发出笃笃声或断断续续的声音，你好不容易才站稳了——叫声烫人哪！这样的夜莺叫作打顿儿或者打奔儿的夜莺。好的夜莺每一个唱段都拖得很长，清楚，有力；越是清楚，就越是悠长。差劲的夜莺急急火火地唱：唱出一个唱段，还没完就突然打断，赶忙开始另一个——就混成一堆了。傻瓜永远是傻瓜。可好的夜莺——不会这样！唱得有板有眼，中规中矩。一唱出某个唱段——就一直唱到疲累了才停，把人惊呆了。有一种夜莺甚至反复地唱——时间很长；比如说吧，它唱出一个笃笃调的唱段——起初似乎在下滑，然后又往上走，好像绕着自己转圈子，就像马车轮子在滚动——得这样说。我在姆岑斯克县商人家听到过一次这样的歌唱——真是棒极了的夜莺！这只夜莺在彼得堡卖了一千二百卢布纸币。

根据猎人的经验，很难从外表上来分清夜莺的好坏。很多人甚至分不清雌鸟和雄鸟。有的雌夜莺比雄夜莺还漂亮。小夜莺和老夜莺倒是可以分清。小夜莺张开翅膀时，可以看到它羽毛上有斑斑点点，而且它浑身毛色比较黑，而老夜莺呢——毛色比较灰。挑选夜莺时，要挑眼睛大，鸟嘴厚的，还要身板宽，腿儿长。那只卖了一千二百卢布的夜莺，是中等个儿。它是在库尔斯克附近花二十戈比从一个男孩的手里买过来的。

照护得好，一只夜莺能活过五个冬天。冬天得喂它德国小蠊和干蚁卵；只是蚁卵不要针叶林里的，而要阔叶林里的，不然吃进松脂它会便秘。夜莺不要挂在窗子上面，而要挂在房子中间的天花板下面，笼子顶要软和，盖上呢绒或亚麻布。

它们常得的病是：突然开始打喷嚏。这病很糟糕。有的就是勉强活下来——来年冬天也一定会死掉。我曾试着把鼻烟撒进饲料里——治病效果很好。

它们从圣诞节起开始歌唱——有时更早，起初轻轻地唱，从大斋节[1]起，从三月开始，亮开嗓子放声唱，可一到圣彼得节[2]就不唱了。

1. 大斋节在复活节前七周。

2. 圣彼得节在俄历旧历六月二十九日。

它们通常从扑棱调唱起……唱得那么悲悲切切，温温柔柔：扑棱，扑棱……歌声不高——可整个房里都能听见。唱得那么动听，就像小玻璃片的清脆声音，搅动了整个心魂。好久没听了——每一次听到，都会感动，那歌声就这样震撼心魂，连头发梢都颤动起来。泪水马上就涌出来了——瞧，这就是它们。你得走到外边，哭一哭，站一站。

圣彼得节前斋戒期[1]最容易逮到小夜莺。首先得察看老夜莺把食物衔到哪里。有次我看了三四个钟头，花了半天工夫，这才找准地方。它们把窝筑在地上——用的是干草和树叶。每窝一般有五只幼鸟，有时还要少些。逮住幼鸟把它们放进捕鸟器——老鸟立马就会落网。得逮住老鸟，为的是让它们喂幼鸟。把整窝鸟关进鸟笼里，撒些蚁卵，放些活蚂蚁。老鸟马上就会喂起幼鸟来。然后蒙上鸟笼，而一当幼鸟开始自己啄食，就要把老鸟拿走。圣彼得节前斋戒期从窝里掏来的幼鸟，身体皮实些，很快就开始歌唱。最好挑选身子长长、嗓音清亮的夜莺孵出的幼鸟。在笼子里它们是不孵幼鸟的。在野外，夜莺只要一孵出幼鸟，就不再歌唱，而在圣彼得节前斋戒期它就换毛。急急火火唱一个唱段——就了账。以后就只是吱吱叫唤。而它总是坐着歌唱，飞着上下追求雌鸟时，就像鹤鸣一样叫唤。

小夜莺最好挂在老夜莺旁边，方便它们学习歌唱。得把它们并排挂着。这里，得注意：老夜莺唱歌的时候，如果小夜莺一动不动地坐着，一声不吱地听着——那就大有好处，约摸两个礼拜后就学会了；而闹个不停，跟着老夜莺瞎嚷嚷的小夜莺——也许要到来年才能学会歌唱，也许来年还学得不好呢。有些猎人把小夜莺藏在帽

1. 圣彼得节前斋戒期在俄历旧历六月底。

子里，偷偷带到有好夜莺的饭馆里；他们自己喝着茶或者饮着酒，而小夜莺趁机学习歌唱。所以，在小夜莺靠近老夜莺的时候，最好把它们遮起来。

最大的夜莺迷是商人：为夜莺花几千卢布也不心疼。别列夫斯克的商人们给了我两百卢布和一个助手——就连马也是他们的。他们派我去别尔季切夫。我只要给他们送上两对好夜莺，而其余的，哪怕逮到五十对，都归我。

我曾有一个朋友，爱夜莺爱得要死，我和他常常去逮夜莺。他视力很差——这给他添了不少麻烦。有一次，在列别江尼附近，他听到一只好得出奇的夜莺在歌唱。他跑来告诉我时——还是那样激动得浑身哆嗦。他开始逮它——可它待在高高的白杨树上。不过，

它终于飞下来了，朋友把它赶进网里；夜莺一头撞在网上——就给挂住了。朋友就去捉它——要知道，他双手索索发抖呢，夜莺突然一头蹿到他的两腿之间——叫了一声，唱起歌飞走了。朋友气得狂吼大叫。他后来对天起誓，让我相信，他真真切切地感到，有人把夜莺从他手里硬抢走了。有啥法子呢！什么事都会有啊。他又开始引诱这只夜莺——不行！再没那事了，它害怕了，也就是说，闷声不响了。朋友后来整整十天一直跟着它。您猜怎么着？夜莺没声没响——就这么蒸发了。可朋友却差点发疯。好不容易才把他拖回家，他把帽子往地上一摔，就这样开始用拳头猛捶自己的脑门……要不就突然停住，大喊大叫："把土刨开——我要钻进地里去，我这个一无所能、笨手笨脚的睁眼瞎子，就该去那里……"瞧啊，他爱夜莺真是爱得要命！

有时人们一门心思只想抢夺好夜莺，提前赶到捕鸟的地方。干什么都要有本事，而且还需要运气。有时还有这样的事，夜莺被人施魔法引走了，而破除魔法的法子就是祈祷。有一次我真吓坏了。深夜我坐在林子里，听夜莺歌唱，而夜是这样黑咕隆咚的……突然我觉得，这不像是夜莺在高叫，好像有什么径直向我走来……我那个怕呀，真没法形容……我跳起身，拔腿飞跑。庄稼汉——不碍事，他们无所谓，也许还会嘲笑我们呢。庄稼汉笨死了；对他们来说，夜莺也好，苍头燕雀也好——全都是一回事。这不是他们分内的事。他们的事情——就是种种地，躺在热炕上抱婆娘。可现在我什么都给您讲啦。

1854 年

贝加兹

猎人常常爱显摆自己的猎狗，夸大它们的能耐：这也是一种转弯抹角的自我吹嘘。但是，毫无疑问，在狗们中间，就像在人们中间一样，有聪明绝顶的和愚不可及的，有才华出众的和一无所长的，甚至还有天才，还有怪物[1]；而它们之间“体力和智力”方面的天赋以及习性和气质的多样性，不亚于在人身上所发现的多样性。可以说，而且毫不牵强地说，狗由于久远的、历史上发生的与人共同生活，在好的和坏的方面都受到了人的浸染：它本身正常的习性无疑被破坏和改变了——就像它的外表被破坏和改变了一样。狗开始变得羸弱多病，神经过敏，它的寿命也缩短了；不过它也变得更加文明，更加敏感，更加机灵；它的视野扩大了。羡慕，嫉妒，还有交朋结友的本领，天不怕地不怕的勇敢，舍身忘我的忠诚，还有可耻的怯懦，反复无常，疑心重，爱记仇，还有温厚和善，狡猾多端，耿直坦率——所有这些品性，有时以惊人的力量表现在被人教育过的狗身上，狗比马更配称作布封所说的“人类最高贵的征服”[2]。

不过高谈阔论已经够多的了，下面该回到正事了。

1.1871 年春天，我在伦敦一家马戏院看见一只狗，能够扮演马戏中的“丑角”、杂技中的小丑，它无疑具有喜剧式的幽默感。——作者原注

2. 布封（1707—1788），法国 18 世纪博物学家、思想家、文学家，代表作是巨著《自然史》，其中《马》的开头这样写道：“人类所曾做到的最高贵的‘征服’，就是征服了这豪迈而剽悍的动物——马。”

我像每一个“有瘾的”猎人一样，曾经养过许多狗，有差劲的狗，有好狗，也有最棒的狗，还有一只是货真价实的疯狗，它从造纸厂的四楼跳进烘干室的天窗而断送了自己的小命。不过我养过的最好的一只狗，毫无疑问，是那只黑色中间杂黄斑的长毛公狗，名字叫作“贝加兹”，是我在卡尔勒郊区花一百二十盾——相当于八十银卢布——从一个猎人兼护林人那里买来的。后来，好几次有人愿出一千法郎买它。贝加兹（它至今仍然活着，不过今年年初突然间几乎失去了嗅觉，耳朵也聋了，眼睛也瞎了一只，已经变得面目全非了）——曾经是一只身高体大的狗，满身波浪般的长毛，长着一个惊人的漂亮的大脑袋，一双褐闪闪的大眼睛，一副聪明绝顶、高傲自得的神态。它并非十足的纯种狗：它是英国塞特猎犬和德国牧羊犬的混血儿——尾巴很粗，前爪太过肥厚，后爪则稍嫌细弱。它力气大得出奇，并且生性好斗，威名远扬，被它咬死的狗，大约有好几只；猫呢，更是多得没法说了。先谈谈它在打猎时的缺陷吧：缺陷不多，三言两语就可全部说清。它怕热——如果近处没有水，它就会像人们谈到狗时常说的那样，“热得喘不过气来，张嘴喘气”；搜寻猎物时，它显得笨呼呼、慢腾腾的；不过它的嗅觉灵敏得可真是不可思议——这么好的嗅觉，我还从来没有碰到过，也从未见过。因此它依然能够比其他任何一只猎狗更快、更经常地找到野味。它的伺伏让人惊异——无论何时，无论何时！它总是准确无误。“要是贝加兹停下脚步——那就一定有野味。”这是我们打猎的所有朋友都一致确认的公理。兔子也好，其他野味也好，它一步也不去追。可是由于没有受过正规、严格的英国式训练，它一听见枪响就不等命令猛冲过去捡打死的野味——这是它最大的缺陷！它能根据鸟儿飞翔的姿势，马上看出这鸟已受了伤——要是它看了一眼后紧追过去，还用一种特别的姿势高抬起头，那么，这就万无一失地表明，它将把鸟儿找到，并把它衔回来。在它的力量和本领得到充分发挥的时候——任何一只被击中的野味都休想从它那里逃脱，它是一只你所能想象到的异常出色的“衔回猎物的猎犬”。它从几乎遍布德国所有森林的茂密黑刺李丛中找到多少只野鸡，从逃离击中地点差不多半俄里才掉落的地方找到多少只山鹑，还有它找到的多少只野兔，野山羊和狐狸，已经难以算清。有时打中野味两个、三个、四个小时之后，再叫它循着痕迹寻找，只要轻声对它说：“不见了，快去找！”它马上就飞跑出去，先嗅嗅这一边，再闻闻那一边——一发现踪迹，立即循着踪迹，追风逐电般地拼命追去……一分钟刚刚过去，又一分钟……早已传来被它咬住的野兔或野山羊的叫声——要不就是它早已衔着猎物飞跑回来了。有一次，在围猎野兔时，贝加兹施出了它的惊人绝技，要是没有整整十个人可以作证的话，我未必会拿定主意讲述它。林中围猎结束了，所有猎人都聚集在树林边缘的空地上。“我就是在这里打伤了一只野兔，”我的一个同伴对我说，并且向我提出一个普通的请求：派贝加兹跟踪寻找。应该说明的是，除了我这只被称为“l'illustre pégase[1]”的猎狗外，任何一只猎狗都不允许参加这类搜捕。在这种场合，猎狗们只会坏事；它们自己内心惶惶，也搞得自己的主人惶惶不安——而且它们的举动会提前警醒野味，把它们吓走。看守猎场的围猎者把自己的几只猎狗用一条皮带拴住。搜捕刚一开始，叫喊声刚刚响起，我的贝加兹就绷紧全身，像块木头，全神贯注地注视着密林，轻悄悄地竖起又放下耳朵——甚至还屏住了呼吸。就是野味从它鼻子底下蹿过去——它也只是微微动一动两肋，或者舔一舔嘴唇，如此而已。有一次，一只野兔真的就从它的脚爪上跑过去了……贝加兹只是得意地做出一副似乎想要咬死它的样子。还是回到正题吧。我命令它：“不见了，快去找！”它出发了，过不多久，我们就听到被咬住的野兔吱吱直叫，接着我那只猎狗的漂亮身影在树林里一闪，就径直向我奔跃过来。（它从不把自己的猎物交给别的任何人。）突然，就在离我二十步的地方，它停住脚步，把野兔放在地上，车转身子，拔腿飞跑！我们大家面面相觑，莫名其妙……“这是怎么回事？”人们问我，“为什么贝加兹不把兔子衔到你面前来？它可从来没有这样干过！”我不知道

1. 法文，意为“著名的贝加兹”。

说什么好，因为我自己对此也是一无所知。树林里突然又传来野兔的叫声——接着，贝加兹又衔着另一只野兔在密林中闪现！大家友好、热烈地鼓掌欢迎它。只有猎人才能估量出，这只狗需要多么灵敏的嗅觉，多么出色的智慧和多么精准的推测，才能在嘴里衔着刚刚咬死的还软软温温的野兔，在向主人全力奔跃之中，还能闻到另一只受伤野兔的气味——并且明白，这千真万确是另一只野兔的气味，而不是它嘴里衔着的那只野兔的气味！

另一次，让它去搜寻一只受伤的野山羊。打猎是在莱茵河边进行的。它跑到岸边，首先冲向右边，接着扑到左边——可能是它认定，野山羊虽然没有再留下行迹，但总不能突然蒸发，于是就扑通一声跳进水里，游过莱茵河的一条支流（众所周知，莱茵河在巴登大公国的对面分出许多支流），接着登上对面长满柳树丛的小岛，并在那里逮住了那只野山羊。

我还记得在黑林山[1]山顶冬猎的情景。到处覆盖着深深的积雪，树上挂着厚厚的霜花，浓雾漫天，一切都变得模糊不清。我的邻人开了一枪。围猎结束后，我刚一走到他身边，他就告诉我，他朝一只狐狸开了一枪，很可能打伤了它，因为它摇了摇尾巴。我们放出贝加兹去搜寻，它立即消失在笼罩着我们的白蒙蒙雾气里。过了五分钟，十分钟，一刻钟……贝加兹还没有回来。显然，我的邻人打中了狐狸：假如野味没有受伤，贝加兹空跑一趟，它立马就会回来。终于从远处传来了沉闷的犬吠声：它仿佛是从另一个世界传到我们

1. 在德国，绵延约160公里，其主峰费尔德山高达1493米，多针叶林和山毛榉林。

耳边。我们赶忙迎着这犬吠声跑去，我们早已知道，当贝加兹衔不动找到的猎物时，就总是冲着它汪汪吠叫。它那时断时续的、用低音发出的高叫声，引导着我们朝前走；而我们就好像在梦里行走一样——几乎看不清该往哪里迈步。我们登上山顶，又下到山谷，蹚着齐膝深的积雪，迎着潮乎乎、冷浸浸的雾气，从我们碰触的树枝上，一根根冰针沙沙地撒落到我们身上……这仿佛是在童话中进行的一次旅行。我们之中的每一个人，都觉得别人就像幽灵，而周围的一

切都像是幻影。终于，在前面，在狭窄的谷底，露出一团黑乎乎的东西：那就是贝加兹。它蹲着，低着脑袋——就像人们说的那样，“郑重其事”，而就在鼻子下面，在两块花岗石之间的狭小地洞里，躺着一只死去的狐狸。它是在全身变僵以前爬到那里的，因此贝加兹没法把它弄出来。所以，它就用吠叫声通知我们。

它的右眼上方新添了一道深深的伤痕：这个伤痕是狐狸给它留下的，那只狐狸被子弹打中后六个小时还是活的，贝加兹找到它后，

跟它展开了一场殊死的搏斗。

我还记起了下面这件事。我被邀请到离巴登不远的城市奥芬堡去打猎。这次打猎是巴黎一大批运动员出资组织的——那里的野味，尤其是野鸡，比比皆是。我自然随身带着贝加兹。我们一共约有十五个人。不少人带着出色的猎犬，大多是英国纯种狗。我们从一次围猎转到另一次围猎，我们在林边路上拉成一排。我们左边是茫茫一大片空旷的田野，在这田野的中间——离我们约五百步的地方——有一小块高高的洋姜丛。突然我的贝加兹抬起头来，在风中闻了一闻，踏着均匀的步子，径直走向远处那丛干剥剥、直挺挺、密匝匝的茎秆。我停住脚步，邀请猎人先生们跟着我的狗走——因为“那里一定有什么东西”。这时，其他的猎狗都奔跃过来，开始在贝加兹周围转来转去，闻闻土地，看看四周——不过什么也没嗅出来；可贝加兹却依旧从从容容地继续向前，就像走在弦上似的。“想必田野里什么地方藏着一只兔子。”一个巴黎人对我说。可我根据贝加兹走路的姿态和它一向的习性，判定这不是兔子，于是再次邀请猎人先生们跟着它走。“我们的狗什么也没有闻出来，”他们异口同声地回答我，“大概，您的狗搞错了。”（在奥芬堡，人们当时还不知道贝加兹。）我缄口不语，扣起扳机，跟着只是偶尔回过头来看我一眼的贝加兹往前走——最后终于来到那块洋姜丛跟前。猎人们虽然没有跟着我，但是全都站定了远远地看着我。“噢，要是什么也没有呢？”我心想，“贝加兹啊，我们可就丢脸了……”然而就在这一瞬间，一整打雄野鸡嘭地腾空而起，声音震耳欲聋——而且，我心花怒放，我打下了两只，这在我是很稀罕的事，因为我射击的水平稀松平常。“瞧瞧吧，巴黎的先生们，还有你们的纯种狗！”我手里提着打死的野鸡回到伙伴们那里……恭维话纷纷洒落到贝加兹和我的身上。我的脸上大约一副春风得意的样子，而它——却若无其事，甚至满不在乎！

我可以毫不夸张地说，贝加兹常常能闻出一百步、两百步外的山鹑。尽管寻找猎物时它有点懒懒散散，但它干起事来却深思熟虑，不折不扣，是个富有经验的战略家！它从来不会低下头来，翻来覆去地去闻足迹，丢人现眼地鼻子呼哧呼哧着去碰嗅；它总是凭嗅觉行动，一如法国人说的那样，dans le grand style，la grande manière[1]。我常常几乎无须挪动地方，只要不时看看它就行。和那些还不熟悉贝加兹的人一起打猎，常常使我喜逐颜开；要不了半个钟头，就会听到一片赞叹声："多棒的一条狗！简直就是一个超级高手！"

我的只言片语，它都能明白；看它一眼，它就能明白我的意思。这条狗聪明绝顶。有一次，它落在我后面没有赶上我，于是便从我过冬的卡尔勒出发，四个小时后就回到了我在巴登—巴登的旧居——这还不算什么稀奇，但是下面的事情表明，它的小脑瓜是多么聪明。巴登—巴登郊区有一次出现了一只疯狗，并且咬伤了一个人。警察局马上下令，所有的狗都得毫无例外地戴上嘴套。在德国，诸如此类的命令必须一丝不苟地执行，于是贝加兹也戴上了嘴套，这使它极其难受。它没完没了地诉怨——就是坐在我对面，时而汪汪吠叫，时而向我伸出爪子……然而毫无办法，必须服从命令。有一次我的女房东走进我的房间告诉我，昨天贝加兹利用解下嘴套的短暂时间，把自己的嘴套埋了起来！我根本不相信这件事。但是过了一会儿，

1. 法文，意为"高贵的风格，优雅的仪表"。

女房东再次跑到我房里，悄声叫我赶快跟她走。我走到台阶上——我这到底是看见了什么呀？贝加兹叼着嘴套，仿佛踮着脚尖似的，轻悄悄地偷偷溜过院子，钻进板棚里，在角落里用爪子刨开泥土——接着便小心翼翼地把自己的嘴套埋进土里！毫无疑问，它以为这样一来，就会永远摆脱它憎恨的束缚了。

像绝大多数的狗一样，它厌恶乞丐和穿破衣烂衫的人（它从不碰儿童和妇女）——它尤其不允许任何人拿走任何东西；只要一看见有人肩上扛着东西或手里拎着东西，它就疑心顿生——于是被怀疑者的裤腿就要倒霉了，而最终倒霉的是我的钱包！我曾经为它赔偿了许多钱。有一次我听见我房前小花园里沸反盈天。我走到屋外，就看见栅栏外有一个鹑衣百结的人，裤子被撕咬得“惨不忍睹”，而站在栅栏前的贝加兹却俨然摆出一副胜利者的姿态。这个人伤心地抱怨贝加兹，大喊大叫着……然而在街对面干活的泥瓦匠却笑呵呵地告诉我，这个人从花园的树上摘了一个苹果，这才遭到贝加兹的攻击。

无须讳言，它的脾气很烈，很暴躁，但是对我却恋恋不舍，甚至柔情脉脉。

贝加兹的母亲当年大名鼎鼎，脾气也同样很烈，即便对主人也不亲热。它的兄弟姐妹也一个个都才华出众，但是在它为数众多的后代中，甚至没有一只能稍稍和它相比。

去年（1870年）它仍旧是非常出色的，虽然偶尔会感到疲累；可今年它却突然完全不行了。我怀疑，它是得了某种类似脑软化一类的疾病，甚至它的智力也丧失殆尽——可它的年龄，还不能说是太老。它才九岁。目睹这只真正超群绝伦的猎狗变成白痴，我深感

惋惜；打猎时，它时而茫然无措地寻找——即高翘起尾巴、耷拉着脑袋，直逼逼地往前跑，时而突然停住脚步，紧张而迟钝地望着我，似乎在问我：我到底该怎么办？我到底发生了什么事情？ Sie transit gloria mundi！[1]我还供养着它——可它早已不是以前的贝加兹了，这只是一具可怜的空骨架！我不无哀伤地和它分手。我在心里默念着："别了！我的无与伦比的猎狗！我永远都不会忘记你，我以后再也得不到这样的朋友了！"

而且，我今后未必还会再去打猎。

1871 年 12 月，巴黎

1. 拉丁文，意为"荣辱无常"。

谈谈谢·季·阿克萨科夫的《一个枪猎猎人的笔记》

前几天，莫斯科出版了谢·季·阿克萨科夫先生的《一个枪猎猎人的笔记》，顺便指出，该书的作者就是那个曾献给我们一本讲述钓鱼的美妙著作而使我们满怀感激的人[1]。我谨向俄国文学界和我国的读者祝贺这些《笔记》的问世。这样的书在我国出版得太少了。如果你还没读过谢·季·阿克萨科夫先生的新作，那你就无法想象它是何等的引人入胜，它的每一页又盈溢着何等迷人的清新。切望读者们不要认为，《一个枪猎猎人的笔记》只是对猎人才有价值。任何人，只要他热爱千姿百态、美不胜收、欣欣向荣的大自然；任何人，只要他珍视普遍的生命现象——人自身在其中是一个生机勃勃的高级环节，但与其他的环节紧密相连，那他就会对阿克萨科夫先生的书爱不释手。它将成为他手头必备的书籍，他将兴致勃勃地阅读它，并且反反复复地品味它；自然科学家也会为它而欣喜若狂……我将在《现代人》杂志的某一期上满怀喜悦地详细谈谈这部真正的行家里手热情洋溢地创作出来的著作[2]；而且我将立足于“当

1. 此处指阿克萨科夫 1847 年出版的《钓鱼笔记》。

2. 屠格涅夫实现了自己的诺言，《现代人》1853 年第 1 期发表了他的评论——《阿克萨科夫的〈奥伦堡省一个枪猎猎人的笔记〉》。

地”，立足于乡村，置身于它惟妙惟肖而富于诗意地加以反映的大自然中，自己也投身于“枪猎”情况下设身处地地来谈它。现在我们只限于请求读者，不要把这本既丰富了它所属的那种专门文学、又丰富了我们的一般文学的价值极大的著作，混同于近期出现的那些关于捕猎的微不足道和荒诞无稽的所谓著作。而为了向读者证明，我对阿克萨科夫先生著作的称赞绝无过甚之词，特从中摘录几段。

请看一段任何行家都不会放弃的关于林间小河的描写。（应该指出，阿克萨科夫先生把所有野禽分为四章来写：沼泽地的、水上的、林间的和草原的，并在每一章的开头描绘了这些野禽栖息地的总图景。）

> 有时河水穿过渺无人烟的丛丛密林流向广阔的平原，显得冷僻至极，野性十足，同时又声势浩大，庄重威严。河的两岸没有因为任何践踏而变得皱皱巴巴。个别猎人即使偶然进入这里，但是他留下的痕迹也不会太久。由于水分相当富足，植物生长繁茂，被踩扁的野草杂花很快就挺立起来。河两岸自由自在地、如火如荼地长满了阔叶和细叶的苔草，菖蒲，幼树树林和枝粗干大的勿忘草；而在所有幽僻的地方，异常肥大的绿沉沉的球形牛蒡随着河水的哗哗流动，形单影只地划动自己长长的枝茎，周而复始地向前漂浮着。水禽似乎害怕孤寂，当河流太远地奔入密林深处时，野鸭就不再在河上生活和栖息。鱼和水陆两栖动物依旧是河流的主人。自由奔放、浩浩荡荡的水流在荒无人烟的寂静和黑暗中滚滚向前，只有百年老树那弯入水中或低垂到水中的树枝，抗拒着水流，发出无休无止而又轻微

低沉的絮语声。肥大的狗鱼哗啦击浪，水獭悠悠横渡到对岸，俄罗斯麝鼹在水里扎着猛子——就这样各显其能；然而就连这微弱的响声也很快就被普遍的寂静所吞噬。只有各种各样的阔叶树倒映在水里：椴树、山杨、白桦和橡树，它们随着太阳的位移，忽而朝右，忽而往左，把自己或直或斜的影子投射到河面上。

再请看对泉水和“带小型涡轮水磨的磨坊”的描写：

奥伦堡地区的居民常在这种从半空飞流直下的山泉旁，建造一些他们所谓的简易的带小型涡轮水磨的磨坊，这些磨坊美丽如画地紧贴着陡直的悬崖，就像燕子把小巢紧贴在石壁上一样。整股细细的水流被直接引入流水槽或整木水槽——即把整段大原木凿空，并把它牢牢地固定在山腰上；水流从水槽里径直落到水轮上，于是一切都顺理成章了：无须堤坝，无须池塘，无须放水的闸门，无须蓄水池……而水轮自行悠悠转动着，没日没夜地慢慢碾碎粮食。如果没有等待碾磨的粮食——就把水槽推到一旁，于是水流重又沿着山岩陡壁，飞流直下，飞瀑的众声喧哗转眼间汇成一个浑厚的轰隆坠地声。磨坊的小粮仓往往高高地建在粗细不一的长木架上，或是歪歪斜斜、凹凸不平的立柱上。一切都是那样破破烂烂，粗粗劣劣，歪歪斜斜，仿佛被生硬地粘在一起似的。没有一丝精心雕琢、循规蹈矩的人工痕迹，没有任何与大自然不谐调的东西，恰恰相反——一切都是对大自然的补充……有时这种水源会从山腰涌出，而最常见的是从山脚喷流。但是，还有一种完全不同的泉水，发源于最低洼的沼泽地，很快就在自己周围形成一个个大大小小的水坑或池子，再根据不同的地势，从坑里或池里流出一条条小溪。如果水池很深，那么只能在水底看到泉水喷涌：水从泉眼中汩汩喷出，带着砂子和细细的泥土粒；这些砂子和泥土粒跳跃着、翻转着，可是，还远未升到水面，就又坠落下去，在水池底铺上平平整整、光光滑滑的一层。如果水池很浅，那么泉水喷涌

的力量就大得多了，整个水池的水，连同砂子、泥土，甚至还有小石块，都会咕噜噜从水底向上翻腾，就像架在火上的油锅，沸沸腾腾，翻翻滚滚。无论是山泉，还是低洼的沼泽地泉水，都会奔流成一条条溪流：有的潜入地下，或躲进青草丛和灌木丛中，藏踪匿形，秘密前进；听得到淙淙的溪流声，却看不到奔腾的溪水；你循声走到跟前，伸出双手拨开密簇簇的灌木丛或密集的青草丛——一股清新的湿气就会迎面扑上你那红扑扑的脸庞，于是你终于看到一条清亮亮、凉沁沁的溪流，在阴暗、清凉处奔跃向前。在赤日炎炎的夏天，对于一个疲惫不堪的猎人来说，这是多么令人心旷神怡的东西啊！有时溪水在开阔地奔流，穿过沙砾地和鹅卵石堆，顺着平整整的草地或者小谷地蜿蜒前进。它早已不再那么纯净、透明了——风把尘土和各种垃圾刮到水面上；也不那么清凉了——太阳光把它那浅浅的水层都烤热了。不过，有时也出现这样的情形：溪流躲猫猫了，也就是潜入地下，流淌半俄里或者一俄里后，有时可能还要更长些，重又跃出地面，经过土壤的过滤和冷却，再次变得清亮亮、凉幽幽，尽管时间并不长。

再请看树林“内部”生活的一段描写：

在丛丛枝杈上，在绿盈盈的叶丛中，以及在整个森林里，栖息着五色缤纷、美丽多姿、百调千腔的千千万万种飞鸟：细嘴松鸡和普通黑琴鸡在求偶鸣叫，花尾榛鸡在尖声高叫，求偶飞行的雄丘鹬在哑声哑气地叫，各种各样的野鸽都在各具特色地咕咕叫，鸫鸟在啾啾地突然尖叫，黄莺在忧郁凄凉而又悦耳动听地彼此呼叫，长着花斑的布谷鸟呻吟般地叫，各色羽毛的啄木鸟在啄击树干，不时发出笃笃笃笃的啄击声，黑啄木鸟在呼号，松鸦在吱吱直叫；太平鸟、林百灵、蜡嘴雀和不计其数的长着翅膀的整个小小鸣禽家族用千鸣百啭绚丽了空间，让寂静的森林生气勃勃；鸟儿们在树枝上和树洞里筑巢、产卵和哺育孩子；正是为了同一目的，鸟类的天敌貂、松鼠，还有一窝窝嗡嗡叫的野蜜蜂，也定居在树洞里。在树木成林的森林里绿草和野花很少：总是遮天蔽日的浓荫，不利于这些离不开阳光和温暖的植物生长；最常见的是另一些植物，齿状蕨类，叶子密簇簇、绿油油的铃兰，花已开残的茎细秆长的林中紫罗兰，还有一丛丛熟透了的红艳艳的悬钩子；空气中弥漫着蘑菇那湿乎乎的香气，然而，最浓烈、我觉得特别好闻的，还是卷边乳菇的香气，因为它们总是整个家庭一起诞生，扎堆儿挤着安家（一如民间说的）在小蕨类植物中，从腐烂的去年落叶下探出头来。

再请看描写春天和秋天的草原的一段：

起初烧焦的草原和田野，一眼望去，是一片铺天盖地的大火后悲伤凄凉的景象；但是很快，绿茸茸的嫩叶尖就像小刷子一样，冲破黑沉沉的覆盖物，长了出来，很快它们就长出了各式各样的叶子和形状各异的花瓣，只过了一个星期，一切就都蒙上一层嫩汪汪的绿茵了；再过一个星期，乍看一眼，你已经无法认出这里曾经是火烧过的地方了。草原上的灌木丛，很少被火烧到，因为它们周围的土壤一般比较潮湿；樱桃树、矮扁桃树（野桃树）和金鸡树（野合欢树）繁花正艳，散发出一股浓烈而好闻的香气；矮扁桃树更是花团锦簇，香气扑鼻：它往往密密麻麻地长在平缓的小山坡上，它那粉红色的花朵绵延成一片花海，其中偶尔能看到盛开的野合欢那金灿灿的长长花带或圆圆花环。在另一些更为平缓的山坡上，更广阔的地方灿烂成一片花海，这些花白生生的，但不耀眼，而是像那淡白色的薄纱：这是繁花似锦的野樱桃花。曾经被大火吓跑的所有鸟类，重又飞回，各占地盘，在这绿草、春花和茂密灌木的海洋中安营扎寨；四面八方到处传来小鸨那无法言传的吱吱叫声，杓鹬那忽高忽低、清晰响亮的颤声啼啭，鹌鹑那随处可闻的狂热而短促的鸣叫声，矛隼那咔咔的叫声。旭日东升，夜雾化成甘露洒落地面，鲜花和植物的各种各样的气味更加浓烈，更加芳香——春天清晨的草原无比美丽，难以形容，令人迷醉……一切都充满生机，焕然一新，灿烂夺目，朝气蓬勃，快快乐乐！奥伦堡省五月的草原就是这样的……

秋天，长满针茅草的草原彻底改变了模样，呈现出另一幅与众不同、独具一格、无可比拟、妙不可言的风貌：珠灰色的针茅草纤维，已经长得够长并完全散开了，微风轻轻拂过，便随风摇摆，泛起一层细袅袅、银闪闪的薄薄涟漪。然而，大风却绝对控制着草原，吹得细弱、柔韧的针茅丛弯腰俯身，露出发黄的根茎，并嘶嘶撕扯、啪啪拍打着针茅丛，使它们齐刷刷地倒向右边，又齐刷刷地倒向左边，扑打着干枯的土地，而当针茅丛被风吹向某一边时，一眼便可看到，无边无际的空间里，滚滚波浪、滔滔急流全都朝着一个方向奔涌。从未见过这种场面的人，起初会觉得很是新鲜，甚至感到惊讶；任何水流都没有它那么动人心魂，不过，很快它便会以自己的单调疲劳视力，甚至让人头昏脑晕，油然产生某种愁戚戚的心绪。草原上没有针茅草的地方，晚秋时节外貌更加单调乏味，死气沉沉，惨不忍睹。那些割过草的草地是个例外，那里在被雨水浸泡得发黑的圆乎乎的干草垛四周，长出了一棵棵嫩汪汪、绿茸茸的再生草；成群的巨嘴鸟和小鸨喜欢在这里游荡，啄食嫩草；甚至成群结队的大雁在从一个水域迁徙到另一个水域的途中，也常常会在这里歇脚，以便津津有味地吃一顿新鲜的嫩草。

但作者不只是善于描述大自然的景物，请看大雁是怎样飞往觅食处的，请听黑琴鸡是怎样求偶鸣叫的：

最后，雁雏长大了，发育成熟了，能独立飞行了，成为自由的小雁了；老雁则换完了羽毛，体质增强了，把长大的一窝又一窝小雁统合为集体，组编成雁群，于是开始了夜间的，或者更确切地说，清晨和傍晚的洗劫庄稼地的冒险活动，在这些庄稼地里，不仅黑麦成熟了，而且春播作物也成熟了。日落前一个小时，成群的小雁在老雁的引领下，从水面腾空而起，朝庄稼地飞去。它们先在广阔的大地上空盘旋一阵，察看哪里更适合它们降落，哪里离车来车往的大路或地里干活的人们都较远而且庄稼也更能吃饱，最后终于纷纷降落到某一块地方。大雁喜欢吃无芒的庄稼，如：荞麦、燕麦和豌豆；不过，如果别无选择的话，那它们也会吃别的东西。它们这场费时很长的晚餐往往几乎要持续到黑夜沉沉；可是只要一听到老雁响亮的咯咯召唤，贪婪吞食遍地庄稼的小雁马上就会从田垄各处匆匆忙忙地聚集到一块，它们摇摇晃晃地走着，相互招呼着，由于嗉囊里食物塞得过多而身子沉甸甸地前倾着，接着整个雁群发出刺耳的叫声，拖着沉重的身躯慢慢飞起来，它们无声无息地低低飞着，总是朝着一个方向，飞向它们通常夜宿的湖泊或河岸，或者僻静的池塘上空。飞达目的地后，雁群便闹闹嚷嚷地降落到水面上，它们铺开双翅，舒展胸脯，贪婪地喝着水，然后马上便到宿营地过夜了。宿营地往往选在平坦坦的河岸，既无灌木，也无芦苇，以避免偷袭的危险。由于雁群接连几夜的重压，河岸上的青草被挤成一堆，而且被雁群滚热的粪便烫得发红并枯萎了。雁儿都是把头藏在翅膀里趴着睡觉的，或者更确切地说，肚子撑地，于是睡着了。不过，老雁组成夜间警卫队，轮流值班，或者非常警醒地打着瞌睡，但任何响声都无法逃过它们警惕的听觉。稍有响声，值夜的老雁便警觉地咯咯大叫起来，接着所有的雁都发出回音，站起身来，舒展双翅，伸直脖子，准备起飞；然而，当喧闹声停息后，值夜的老雁又会发出另一种完全不同的咯咯声，轻柔平和，从容镇静，于是整个雁群也用同样的声音加以回应，然后再次趴着入睡了。一夜之间，特别是在九月份的漫漫长夜里，这种情况会反复出现。如果不是虚惊一场，如果真的有人或野兽接近雁群，那么老雁在发出警报后，会迅速飞起，小雁则紧随其后急速腾空而起，群雁边飞边发出如此尖利刺耳的高叫声，这叫声震撼着朦朦胧胧的河岸，在雾气中沉睡的河水以及附近的整个地区，一俄里外甚至更远的地方都能听到……而且，整个这场惊慌有时是由艾鼬甚至白鼬引发的，它们常常厚颜无耻地偷袭睡着的大雁……当一夜终于平平安安地度过后，值夜的老雁一见东方刚刚开始发白，就用洪亮的叫声唤醒整个雁群，于是雁群又紧随老雁飞向早已熟悉的庄稼地，一如既往地开始享用早餐，而这是昨天晚餐前就已看好了的。空瘪瘪的嗉囊重又装满食物后，雁群便又响应老雁的呼唤，在早已冉冉升空的太阳明灿灿的光照中，汇聚成一大群，然后转换方向，飞向另一个湖泊、另一条河流或另一个塘湾，在那里度过白天……

三月底，阳光开始变得暖意更足了，雄黑琴鸡冷降的血液沸腾起来，求偶交配的本能欲望苏醒了，于是便开始求偶鸣叫，也就是说：蹲在树上，发出某种低沉的叫声，这叫声有时像大雁的嘘嘘声，而更多的时候像鸽子的咕咕声或喃喃声，在朝霞满天的宁静里，老远老远就能听到。也许很多人，更不用说猎人了，都听到过这种叫声："远处传来黑琴鸡低沉的求偶鸣叫"，于是每个人大约都会油然产生一种朦朦胧胧的愉快感。这叫声本身没有什么悦耳动听之处，但是从中却能自然而然地感知并理解整个自然界生活的普遍和谐……总之，雄黑琴鸡发出了求偶鸣叫声：起初，叫的时间不长，声音很轻，有气无力，就像在低声自言自语，即便是饱饱吃了一顿早餐，嗉囊里塞满了树上刚刚冒出的嫩芽后，也是如此。后来，随着气温的升高，它一天比一天叫得越发响亮，越发长久，也越发热烈，最后终于达到了发狂的程度：它的脖子鼓得很粗；身上的羽毛像马鬃一样直竖着；藏在眼窝里平时被一层细茸茸、皱巴巴的表皮遮盖住的眉毛也鼓了出来，向外伸展，并且宽得吓人，就连颜色也变得红艳艳的。黑琴鸡总是在清晨太阳出山前，急急匆匆地吃一点食物（看来，就连鸟儿们在沉迷于爱情的时候，也顾不上吃东西了），然后纷纷飞集到事先选好、很是适合燕尔新婚的地方。这个地方一般来说，或者是干净的林中空地，或者是大

树下的绿草地，这些大树生长在林边，有时也挺立在开阔的田野间，更多的是矗立于小山丘上。这个经常光顾的地方，始终是同一场所，人们称之为发情处或求偶地。人们要持之以恒地费时费力，才能迫使黑琴鸡放弃这个地方，另选一个地点。甚至一连几年，黑琴鸡都在同一个地点发情求偶。黑琴鸡落在树枝的顶梢，像鞠躬一样不断地向下点头，不时蹲下不时又挺起身子，紧张地伸长鼓得很粗的脖子，发出嘶嘶的声音，嘟嘟囔囔着，开始求偶鸣叫，每当动作激烈时，就轻轻扑扇几下翅膀以保持平衡。它们渐渐地进入发情高潮：动作更快，声音汇合成某种咕噜咕噜，黑琴鸡进入发狂状态，白星星的唾沫从它们那一直张大的嘴里喷溅出来……由此产生了一个古老的传说，不过早已没有人相信了，似乎是说雌黑琴鸡满地奔跑，接住并吞下在树上求偶鸣叫的雄鸟嘴里流下的唾液，于是就受孕了。不过，雄黑琴鸡那响彻四周、热情似火的孤零零的求偶呼唤并非徒劳无益的：雌黑琴鸡早已在凝神细听它们的叫声，终于按捺不住，开始纷纷飞到求偶地来；起初它们落在稍远一点的树上，然后挪到近一点的地方，但是从来不会与雄鸟并排站立，而是落在它们的对面。

下面则是描写可爱山鹑的外形方面技巧高超、生动明晰的例子：

在我看来，草原上和森林里的各种野禽中，除了丘鹬之外，灰山鹑即便不是最好的野鸟，那也会是最好的野鸟之一。它那五色斑斓，乌黑乌黑，红黄相间，棕褐棕褐，浅灰浅灰的羽毛是多么美丽啊！它的体形是多么匀称、丰满、健壮！它的一切动作都是多么生气勃勃，敏捷灵巧，逗人喜爱！

这种活泼的小鸟，体形只比俄国鸽子稍大一些，不过却要肥壮很多：体重在鸡雏和半大鸡之间。它的前颈和鸟喙周围有浅红色或淡褐色的羽毛；尾巴下部的羽毛也是这种颜色，胸部或尾骶骨的上半部有马蹄铁形的斑点，这些斑点较大一些，颜色亮些也深些；两侧的灰色羽毛上嵌着浅红色的横条。嗉囊和脑袋的一部分是烟灰色的；在粉红中间有杂色的翅膀上半部分，可以看到一根根像线一样细窄的白闪闪的长条，这不是别的，正是白色毛管；翅膀下半部分的羽毛，在深灰蓝色的底子上横向缀满了微白的小斑点；粉红色的小脚，只有上部从第一个关节开始长着蓬松细毛，一如那些命定在泥泞和雪地里常年跑来跑去的鸟儿……

如果我想从阿克萨科夫先生的书中摘录出所有的精彩段落，那么我无论何时都会摘录不完。我再强调一次，在不久的将来我还将谈到它——而且是详细地谈论。现在，我还只能祝愿它赢得一般读者特别是猎人们的赞赏，获得最大的成功，得到最广泛的传播。阅读这本书，必然产生一种快乐、清新、充实的感觉，这正是大自然本身在你们心中唤起的那种感觉；而我不知道任何赞誉会比这更高。

1852 年

致波丽娜·维亚尔多[1]

1848年5月1日星期一夜11点

我利用今天降临的好天气，去了一趟圣克鲁城外的威廉阿夫莱村。我打算在那里找一间房子。我在树林里转悠了四个多小时——满怀忧伤，深受感动，全神贯注，累得精疲力竭。当你孤身独处的时候，大自然会对人产生一种多么奇异的影响……这影响搅动了心灵深处那仿如田野的芬芳一般清新的微微苦涩，仿如鸟儿的歌声一般悠然的淡淡忧郁。您知道，我想说的是什么，您比我更清楚地了解我自己。看着长满绿茸茸、嫩鲜鲜叶子的树枝，在蓝莹莹的天空下明丽地摇曳，我怎能不心潮澎湃——为什么？是啊，为什么？是因为这随微风吹拂而轻轻摇曳的嫩汪汪的小小树枝与那永恒、空虚、无垠的天空的强烈对比？嫩汪汪的小小树枝，我一把它折断，它就会死去，不过有某种慷慨无私的力量又会使它重新生气勃勃，绿意盈盈。这天空一碧无垠，阳光灿烂，是否只是为了感谢大地？（因为在包围我们的大气层之外低达零下70度，而且很少有光。光只有在和大地接触后才能百倍增长。）啊呀！我极其厌恶天空，但生命，

1. 波丽娜·维亚尔多（1821—1910），原名米舍里·费尔南德·波丽娜·加尔西亚，是个西班牙人，1841年嫁给法国文学家兼翻译家路易·维亚尔多（1800—1883），后成为法国著名女中音歌唱家，是屠格涅夫的红颜知己。屠格涅夫对她一往情深，而且追随她旅居国外，为了她终身未娶。

现实，它的变化无常，它的偶然性，它的惯性，它的昙花一现的美……这一切我都奉若神明。我生来就迷恋大地。我喜欢观看鸭子在水池边用湿漉漉的小脚丫抓挠自己后脑勺那急波波的动作，或者观看长溜溜、亮闪闪的水珠，慢悠悠地从一动不动的牛脸上滴下去，这牛刚刚从齐膝深的池塘里喝完水走上来——这一切，比天使（这些光荣的飞人）在天堂看到的更使我欢欣……

您最忠实的朋友

屠格涅夫

致波丽娜·维亚尔多

斯巴斯科耶

1852年10月13日(俄历)

请您想象一下暴风雪降临的情景吧，雪的旋风不是从天而降，而是狂飞疾驰着，成团旋转着，虽然它本身是白皓皓的，却搅得昏天黑地，并在地面铺满了一人高的厚雪。瞧，我们这儿的天气是多么可怕，亲爱的、善良的维亚尔多夫人，你们欧洲人，无法想象俄国的 m é tielle[1] 是何等模样。幸好，天气还不太冷，否则不知有多少人会死于非命！两年前，也在这样的暴风雪天气里，光是一个图拉省就冻死了 900 人。不过，谁也没有料到，像这样的暴风雪会来得这么早！较之往常，冬天急如星火地提前赶来了，仿佛是因为我们刚刚熬过了一个酷热难耐的夏天，而来安抚我们似的。这就像一个故事，说的是一个人娶了一个其貌不扬、家徒四壁而又冥顽不灵的女人做妻子。尽管天气极其恶劣，尽管将要忍受等待着我的六个月形影相吊的日子，我仍然不曾愁眉不展；相反，我感到兴高采烈，心潮澎湃，因为我面前摆着一封您从英国回到库尔塔弗涅尔后写给我的亲切的信。

1. 法文，意为“暴风雪”“雪暴”。

亲爱的、善良的朋友，我恳求您多给我来信；您的信总是使我感到幸福，而目前对我来说，尤其是雪中送炭。我眼下遥无定期地被困在乡村，只好想方设法自娱自乐，既没有音乐，也没有朋友——什么都没有！甚至连一起消愁解闷的邻居也没有。丘特切夫夫妇虽是极好的人，但我和他志趣迥异。那我究竟干些什么呢？大概，我已不止一次对您说过这事：写作和回忆。然而，为了写作更加轻快，而回忆更少痛苦，我需要您的书信，它们给我带来幸福、活跃生活的回声，带来阳光、诗意的气息。对了，顺便说说，请您常在信封里装点青草或者鲜花……我感到，我的生命正在一滴滴流逝，就像水从未关紧的水龙头里向下流淌；我并不惋惜——就让它流逝吧……我又有什么办法呢？……谁也无法重返往日的生活，但我喜欢回忆，

回忆那模糊不清的美好过去，在今天这样的傍晚，听着暴风雪在雪堆上空闷闷不乐地呜呜呼啸，我想象着……不，我既不想自寻烦恼，也不想影响您的心情……我的一切还算过得去；面对现实的重压，只有鼓足勇气，才能感到轻松一些。但请您常常给我来信！

啊，亲爱的朋友，每当我回忆起我们在白杨树下小憩，从枝头落下的树叶轻拂拂、软簌簌地飘落到我们身上，我写作起来是多么轻快啊！啊，是的！那时天空是那样蓝莹莹的……我担心，我会永远见不到那么美丽的景色了。这一切给我留下的印象是那样刻骨铭心，那样鲜活生动，只要我一闭上眼睛，我就能听到树叶轻微而清晰的沙沙絮语，这些树叶虽已枯萎，但在蓝莹莹天穹的背景下，却发出耀眼的金光。您知道吗，在我一本书（您收到这本书没有？）中的一个地方，对于树木，我写出了和您一模一样的感受：树木仿佛垂挂在天上。[1] 我和您已经不止一次有一模一样的想法了……

Et de tristesse couronnée

La terre entre dans son sommeil...[2]

从写这一页开始，我耳边就回荡着古诺《秋》中的这些诗句……

---

1. 屠格涅夫寄给维亚尔多夫人的书是《猎人笔记》单行本（莫斯科，1852年版）。信中此处是指《猎人笔记》中《美丽的梅奇河畔的卡西扬》一文里一段关于树林的描写：“仰卧在树林里向上眺望，是一件其乐无穷的事儿！你似乎觉得，你是在眺望深不见底的海洋。”

2. 法文，意为“大地头戴着忧伤，慢慢沉入梦乡……”。

为什么我不能像从前那样想念他呢？[1]……然而，不管怎样，他的《秋》是十分美好的作品。我感到，我整个身心都被深深感动了；我应该尽力摆脱这种局面——可又有什么用呢？

我刚才开了一下我的阳台门。呼！一股黑沉沉的寒流，一股寒森森的风儿，夹着雪迎面扑来……小狗狄安娜吓了一大跳，跳起身跑开了。唉，可怜的小东西！你还不习惯这样的气候。你这可怜的法兰西少女！让我们坐在一起回忆库尔塔弗涅尔吧。明天见。但我不离开你。

您的

屠格涅夫

1. 屠格涅夫此处暗示1852年春天维亚尔多一家和古诺发生的争吵和绝交。

辑二／散文诗

乡 村

六月的最后一天；漫漫一千俄里之内，都是俄罗斯大地——我的故乡。

茫茫长空匀净地碧悠悠；只有一片白云——仿佛是在轻轻飘浮，又似乎是在袅袅融散。微风敛迹，天气暖洋洋的……空气——就像刚刚挤出、还冒着丝丝热气的牛奶一样新鲜！

云雀在悠扬地歌唱；大嗉囊鸽子在咕咕叫唤；燕子在静悄悄地飞来掠去；马儿在喷着响鼻，不停地嚼着草；狗儿一声不吠地站在那里，温顺地轻摇着尾巴。

空气中弥漫着烟火味和青草味——其中还夹杂着一丝焦油味，一丝皮革味。大麻地里的大麻枝繁叶茂，郁郁青青，散发出一阵阵香烘烘、醉陶陶的气味。

一条坡度平缓的深深峡谷。两边的坡上长着几排爆竹柳，一棵棵树冠似盖，枝叶婆娑，下面的树干却都已龟裂了。一条小溪从谷底潺潺流过，波光粼粼，似乎可见水底的小石子在微微颤动。远处，天地合一的地方，一条大河就像连接天地的一道蓝莹莹的花边。

沿着峡谷——一面坡上是一个个整洁的小粮仓和一间间双门紧闭的小库房；另一面则是五六家木板铺顶的松木农舍。每一家的屋顶上都高高竖着一根挂着椋鸟笼的竿子；每一家的小门廊上都钉着一匹鬃毛直竖的小铁马。凹凸不平的窗玻璃闪射出霓虹的七彩。护窗板上信手涂画着一个个插满鲜花的带把高水罐。每一间农舍前都端端正正地摆着一条完好无损的小长凳；一只只猫像线团那样蜷缩在墙根附近的土台上，警觉地竖起透明的耳朵在细听；高高的门槛里面，每一个穿堂都暗幽幽、凉丝丝的。

我铺开一件披衣，躺在峡谷边沿；四周到处是整堆整堆刚刚割下的干草，清香扑鼻，让人心醉神迷。聪明的主人们把干草摊开在自己屋前：让它在太阳地里再晒干一点，然后收进草棚里！睡在这干草堆上，那真是美滋滋的！

孩子们那头发卷曲的小脑袋，从每一个干草堆里纷纷钻出来；羽毛蓬松的母鸡在干草里翻寻小蚊蚋和小昆虫；一只白嘴唇的小狗崽在乱蓬蓬的草堆里翻来滚去地自在嬉耍。

几个长着亚麻色头发的小伙子，穿着干干净净、下摆上低低束着腰带的衬衣，蹬着笨重的镶边皮靴，胸脯靠在一辆卸了马的大车上，在伶牙俐齿地相互取笑。

一个脸庞圆圆的少妇，从窗口探出头来张望；她笑盈盈的，不知是小伙子们的说笑让她忍俊不禁，还是乱草堆里孩子们的嬉闹使她笑逐颜开。

另一个少妇正用一双健壮有力的手，从井里提上来一只湿淋淋的大水桶……水桶在绳子上轻轻颤动、微微摇晃，溢下一长串火红色的闪亮水珠。

一个年老的主妇站在我面前，她身穿一件崭新的家织方格呢裙子，脚蹬一双新崭崭的厚靴子。

空心大珠子串成的一条项链，在她那黑黝黝、瘦筋筋的脖子上绕了三圈；斑斑白发上系着一条带红点的黄头巾；头巾一直耷拉到她那双黯淡失神的眼睛上。

然而，老人的眼睛却和蔼殷勤地微笑着，皱纹密布的脸上也堆满了笑容。嗨，这老人也许有七十岁了吧……不过，就是现在也依然看得出来：她当年是一个美人儿！

她把那被太阳晒得黝黑的右手五指大大张开，托着一罐直接从地窖里取出来的、未脱脂的冷牛奶；罐壁上凝着一层珍珠似的小小水珠。老人家把左手掌心里那一大块余温犹存的面包递给我，说："吃吧，随便吃点儿呀，过路的客人！"

一只公鸡突然咯咯地大叫起来，还起劲地不停扑扇着翅膀；作为回应，一头关在栏里的小牛犊慢慢悠悠地拖长调子"哞"了一声。

"啊，这燕麦长得多好呀！"我那马车夫的声音传了过来。

哦，自由自在的俄罗斯乡村生活，是多么富庶、安宁、丰饶啊！哦，它是多么的宁静和美满！

我不禁想道：皇城圣索菲亚大教堂圆顶上的十字架，还有我们城里人费尽心血所追求的一切，在这里又算得了什么呢？

1878年2月

对 话

无论是少女峰还是黑鹰峰，
都还没有印上人类的足迹。

阿尔卑斯山的群峰……连绵起伏的重峦叠嶂……崇山峻岭的最中心。

绵绵群山上面，是蓝莹莹、亮晶晶、静凝凝的天空。凉风刺骨，酷寒难耐；硬邦邦的积雪闪闪发光；冰封雪盖、狂风劲吹的峭崖上，一块块险峻威严的巨石破冰而出，直插云霄。

两座极天际地的大山，两位摩天巨人，巍然耸立在天宇的两旁：少女峰和黑鹰峰。

少女峰对邻居说：

“你能讲点什么新闻吗？你看得比我清楚些。你那下边有些什么？”

几千年过去了——俯仰之间。黑鹰峰用雷鸣般的隆隆声回答：

“绵绵不断的浓云遮住了大地……你等一会儿吧！”

又是几千年过去了——俯仰之间。

“唔，现在呢？”少女峰问。

“现在，我看见了。下面那儿一切依旧：五光十色，支离破碎。

海水是碧溶溶的，森林是黑郁郁的，密簇簇的石堆是灰扑扑的。石堆附近，依旧有许多小虫子在蠕动不休，你知道，这就是那些两足动物，无论是你，还是我，他们都还没有一次能亵渎咱们的身体呢。”

“那是人吗？”

“对，是人。”

几千年过去了——俯仰之间。

“唔，那么现在呢？”少女峰问道。

“小虫子看上去似乎少了一些，”黑鹰峰用雷鸣般的隆隆声回答，“下面现在看起来清晰多了，水面变得窄溜溜的，森林也变得稀疏疏的。”

又是几千年过去了——俯仰之间。

“你看见什么了？”少女峰说。

“我们旁边，紧靠我们跟前，似乎干净、明亮多了，”黑鹰峰回答，“哦，可是在那边，远远的山谷里还有一些斑斑点点，还有什么东西在爬来爬去。”

“那么，现在呢？”少女峰问道，又过了几千年——俯仰之间。

“现在好了，”黑鹰峰回答，“到处都清清爽爽，无论你往哪里看，全都是白茫茫的一片……到处都是我们的雪，万古不变的冰天雪地。一切都凝固了。现在好了，安安静静了。”

“好啊，”少女峰轻声说，“不过，我们俩也唠叨够了，老头儿。现在也该打个盹儿了。”

“是打盹的时候了。”

两座极天际地的大山睡着了；亮悠悠、蓝莹莹的天空，在永远沉寂的大地上空，也睡着了。

1878 年 2 月

老太婆

我行走在广阔的田野里，形单影只。

突然，我似乎感到背后有小心翼翼、蹑手蹑脚的脚步声……有人在跟踪我。

我回头一望——看见一个矮小、驼背的老太婆，全身裹在一件破烂不堪的灰衣衫里。只有她的一张脸从破衣烂衫中显露出来：黄蜡蜡的面孔皱纹密布，鼻子尖尖的，满嘴的牙齿都掉光了。

我走到她身边……她停住脚步。

“你是谁？你需要些什么？你是要饭的吗？你在等人施舍吗？”

老太婆没有回答。我低下头细看她，只见她的一双眼睛蒙着一层白微微的云翳，或是像某些鸟类眼睛里特有的那种薄膜：它们就是用它来保护自己的眼睛，抵挡太强光线的照射。

不过，老太婆眼里的这层薄膜却是固定不动的，它把眼珠遮得严严实实的……因此，我断定，她是个瞎子。

“你是想要施舍吗？”我又问了一次，“你为什么跟着我呢？”可是老太婆仍旧不答话，只是稍稍蜷缩了一下身子。

我转身离开她，继续走自己的路。

于是，我又听到背后传来那种蹑手蹑脚、不紧不慢、仿佛偷偷摸摸的脚步声。

“又是这个女人！”我心想，“她为何缠着我不放呢？”但我马上又想道：“也许，她是因为双目失明而迷了路，这时听到我的脚步声，就跟在身后走，以便跟我一起走出这地方，到有人家的地方去。对啊，对啊，就是这么回事。”

然而，一种怪异的不安渐渐左右了我的思绪：我开始感到，这个老太婆不只是跟在我身后走，而且还在控制着我的方向，她把我时而往左推，时而向右送，而我身不由己地任凭她摆布。

然而，我还是继续往前走……可是突然间，就在我前方的路上，冒出了一个黑洞洞、宽绰绰的东西……似乎是个什么坑……“坟墓！”我脑子里电光一闪，“原来她是要把我往这里推啊！”

我陡然向后转过身子……老太婆又站在我面前……只是她居然看得见了！她用一双圆睁睁、恶狠狠、阴森森的大眼睛瞪着我……

一双兀鹫的眼睛……我凑过去细看她的面孔，她的眼睛……又是那层黯淡无光的薄膜，又是那张双目失明、神情呆滞的脸庞……

“啊呀！”我思量着……“这个老太婆——就是我的命运呀。这是人无法逃脱的命运啊！”

“无法逃脱！无法逃脱！这不是太荒唐了吗？……应该试它一试。”于是，我拔腿奔向一旁，朝另一个方向飞跑。

我大步流星地往前走……然而，轻轻巧巧的脚步声一如既往地在我身后沙沙地响着，很近，很近……于是，在前方又出现了那个黑洞洞的坑。

我又转身跑向另一个方向……可是身后又响起了同样的沙沙声，前面又出现了那个让人毛骨悚然的同样的黑窟窿。

我像一只被追捕的兔子没命地东奔西突，但无论跑向哪里……结果都是一样，完全一样！

“停一下！”我沉思着，“让我来骗一骗她。我任何地方都不去了！”于是我猛地一屁股坐到地上。

老太婆站在我后面，离我两步远。我听不见她的声音，但我感觉到她就在那里。

突然，我看见：远处那个黑洞洞的窟窿竟然漂浮起来，正主动向我飞爬过来。

上帝啊！我回头一看……老太婆正直逼逼地盯着我——并且歪着牙齿脱尽了的嘴在狞笑……

“你逃脱不了！”

1878 年 2 月

狗

房间里就我们俩：我的狗和我。屋外，狂风怒号，暴雨如注，摇天撼地。

狗儿蹲坐在我的面前——直端端地望着我的眼睛。

于是我也望着它的眼睛。

它似乎想对我说些什么。它默然无言，它不会说话，它不了解自己——然而，我却了解它。

我知道，此时此刻，无论是它的心里还是我的心里，都有同样的一种感觉，我们之间毫无二致。我们两者一模一样；我们两个心里都有同一星闪烁不定的火花在燃烧，在发亮。

死神飞扑过来，向这星火花拍动它那一双奇寒彻骨、硕大无朋的翅膀……

于是一切都灰飞烟灭！

以后谁会去弄清楚，我们两个的心里燃起的究竟是一星怎样的火花？

不！这绝不是兽与人在互相交换目光……

这是两双同样的眼睛在彼此凝视。

在其中的每一双眼睛里，不论是兽的或者是人的——两个相同的生命正在怯生生地互相靠近。

1878 年 2 月

乞丐

我走在大街上……一个乞丐——一个年老体衰的老头迎面把我拦住。

一双红肿肿、泪汪汪的眼睛，两片青乌乌的嘴唇，一身烂兮兮的粗糙衣服，几处脏乎乎的伤口……唉，贫穷把这个不幸的生命噬咬得遍体鳞伤，丑陋不堪！

他向我伸出一只红惨惨、肿乎乎、脏兮兮的手……他呻吟着，含含糊糊地乞求施舍。

我开始搜寻身上所有的口袋……既没有钱包，也没有怀表，连手绢也没有一块……我身上什么东西都没带。

而乞丐仍在等待着……他伸出的那只手软沓沓地晃动着，颤抖着。

我张皇失措，窘困不堪，于是紧紧握住这只脏兮兮、抖颤颤的手……

“请别见怪，兄弟；我身上什么也没带，兄弟。”

乞丐用他那双红肿肿的眼睛凝望着我；他咧开青乌乌的嘴唇微微一笑——接着便同样握住我凉冰冰的手指。

“没关系，兄弟，”他喃喃地说，“就这样也该感谢你啊。这也是一种施舍啊，兄弟。”

我恍然大悟，我也得到了这位老哥的施舍。

1878 年 2 月

一个志得意满的人

在京城的一条大街上，一个年纪轻轻的人连蹦带跳地飞跑着。他欢天喜地，生龙活虎；两眼光彩熠熠，嘴角挂着得意的微笑，激动的脸上红光焕发，眉飞色舞……他浑身上上下下——都洋溢着洋洋得意和欣喜若狂。

他这是怎么啦？是得到了一笔遗产？是加了官进了爵？是匆匆赶去与情人幽会？或者他只是吃了一顿美味可口的早餐——因此感到有一种身强力壮、精力过人的感觉在四肢澎湃激荡？噢，波兰国王斯坦尼斯拉夫啊，莫不是你叫人把你那漂亮的八角形十字勋章挂到了他的脖子上[1]？

都不是。是他杜撰了一个谎言中伤一个熟人，并且精心安排，巧加扩散，又从另一位熟人的嘴里听到了这一谎言——而且连他自己也信以为真了。

哦，此时此刻，这个可爱的、前程万里的年轻人，是多么志得意满，甚至多么善良啊！

1878 年 2 月

1. 此处指圣斯坦尼斯拉夫三级勋章，是亲俄的波兰末代国王（1764—1795 年在位）斯坦尼斯拉夫・奥古斯特・波尼亚托夫斯基（1732—1798）为纪念 11 世纪被国王杀害的克拉科夫主教斯坦尼斯拉夫（约 1030—1079）而设立的。

处世准则

“假如您想痛快淋漓地把您的敌人整得心乱如麻，甚至使他创巨痛深，”一个诡计多端的老家伙对我说，“那么，您就用自己身上存在的那些缺点和恶习去责难他。您疾言厉色……对他痛加指摘！”

“首先——这将使别人认为，您本人并无这些恶习。

“其次——您的疾言厉色甚至也可能出于一片真诚……您还可以利用您本人良心上的自责。

“譬如说，如果您是个背叛之徒——那您就指责您的敌人，说他缺乏信仰！

“如果您本人是个天生的奴才——那您就责骂他是个奴才……文明的奴才，欧洲的奴才，社会主义的奴才！”

“甚至可以说：没有奴性的奴才！”我补了一句。

“也可以这样说嘛。”诡计多端者应声答道。

1878 年 2 月

世界的末日

（一个梦）

我觉得好像来到了俄罗斯某地一个偏僻的荒野，置身于一所蓬门荜户的农舍里。

屋子很大，屋顶很低，有三个窗户，四壁刷了一层白粉，没有一件家具。房屋前面是一片光秃秃的平野；它缓缓向下低斜，一直延伸到远方；灰苍苍的单调天空，仿如一顶帐幕，笼罩在原野上。

我并非独自一人，有十来个人跟我一同在屋子里。他们都是些平民百姓，穿着也很朴素；他们前前后后、左左右右地走来走去，一声不吭，显得神秘兮兮的。他们互相回避——却又一刻不停地交换着惊恐不安的目光。

没有一个人知道：他为什么会落到这间屋子里，同他在一起的又是些什么人？每个人都是一副惴惴不安、垂头丧气的神态……大家一个接一个轮流走到窗前，聚精会神地四处张望，仿佛在等待窗外的什么东西。

然后，大家又开始前前后后、左左右右地走来走去。我们中间，有一个个子不高的小男孩在转来转去；他不时用尖细、单调的声音哭喊着："爹啊，我怕呀！"这尖叫声让我打心底里感到难受——于是，我也害怕起来……害怕什么呢？自己却全然不知。我只是感到：一场很大、很大的灾难正在渐渐临近。

而小男孩偶尔还会尖叫着哭喊一声。唉，要是能离开这里多好啊！多么窒闷哪！多么难受哪！多么忧郁哪！……然而，没有任何可能离开这里。

这天空——就像一件白色殓衣。而且连一丝风都没有……难道连空气都死了吗?

突然，小男孩连蹦带跳飞跑到窗前，用原来那种惨凄凄的声音大喊道：

“你们看！你们看！地塌下去了！”

“怎么？塌下去了？！”

一点不假：屋子前面原先是一片平野，可是现在，屋子却兀立在一座摩天高山的险峰顶上了！地平线松塌了，直往下陷，就在屋子脚下，一堵几乎直立的、仿佛被劈开的黑突突峭壁正在下沉。

我们大家一窝蜂挤到窗前……恐惧使我们浑身冰冷，魂飞魄散。

“看呀，它来了……它来了！”我身边的一个人低声说。

只见远处果然有什么东西，沿着整条地平线在移动，一些不大的、圆溜溜的小山丘开始一起一落。

“这是——大海！”就在同一瞬间，我们大家都不约而同地这样想，“它马上会把我们全都吞没……只是它怎么会漫涨起来，涌升上来，淹没这峭壁呢？”

可是，它却在不断漫涨，漫涨成一片汪洋……这早已不是一个个四分五散的小山丘在远处起伏奔涌了……一片铺天盖地、汹涌澎湃的巨浪吞没了整个苍穹。

巨浪飞扑过来，朝我们飞扑过来！仿如寒飕飕的龙卷风那样席卷而来，翻卷出昏天黑地的漫漫一片黑暗。周围的一切都在瑟瑟战栗——而在那边，在这飞卷而来的一片汪洋中，既有噼噼啪啪的断裂声，又有轰轰隆隆的倒塌声，还有成千上万个喉咙里发出的凄凄厉厉的哭号声……

啊！这是多么可怕的咆哮和哭号声啊！这是大地因为害怕而发出的怒吼……

大地的末日来到了！万物的末日来到了！

小男孩又一次尖叫着哭喊了一声……我试图抓住同伴，然而我们全都被那黑墨墨、冷冰冰、轰隆隆的巨浪所压倒、掩埋、吞没、卷走了！

黑暗……永恒的黑暗！

我几乎喘不过气来，于是就醒来了。

1878 年 3 月

玛　莎

那是许多年以前的事了，当时我住在彼得堡，每次雇了出租马车后，都要跟马车夫聊上一阵子。

我特别喜欢同那些夜间赶车的车夫们闲谈，他们都是近郊的穷苦农民，驾着一辆漆成红褐色的小雪橇，套上一匹瘦骨嶙峋的驽马，来到京城——满心希望以此养家糊口，同时还能攒几个钱向主人交租。

于是，有一次，我就雇了一个这样的马车夫……这是一个二十岁左右的小伙子，身材高大，体格匀称，那模样真是帅呆了，蓝汪汪的眼睛，红刚刚的脸颊，淡褐色的鬈发，从那顶压到眉毛上的打补丁的帽子下，一圈圈钻出来。而那件破烂不堪的粗呢上衣，紧紧绷绷地套在他那大力士般宽阔强壮的双肩上！

可是，马车夫那没有胡须、眉清目秀的俊脸，看上去却愁云密布，郁郁寡欢。

我跟他闲聊起来。他的声音里，也透露出哀伤。

“怎么啦，老弟？”我问他，“你为什么闷闷不乐呢？莫非有什么伤心事？”

小伙子没有立刻回答我。

“有啊，老爷，有啊，”他终于开口了，“而且是一件伤心透顶的事啊。我妻子死了。”

“你爱她……爱你的妻子吗？”

小伙子没有回过头来看我，只是稍稍把头低下去一点。

“我爱她，老爷。已经快八个月了……可我老是忘不了。我心里痛啊……真是的！她怎么就会死呢？年纪那么轻！身体那么棒！才一天工夫，霍乱就要了她的命。”

“她对你一定很好吧？”

“那还用说，老爷，”这个可怜的人深深叹了一口气，“我和她一块儿过得别提多和睦了！她死的时候，我不在家。我在这儿刚一得到消息，说是她已经给埋了——我就风风火火地赶回村子，赶回家去。回到家里——都早已是下半夜了。我跨进自家的小木屋，站在屋子当中，就这样轻轻轻轻地呼唤着：‘玛莎！啊，玛莎呀！’只听到蟋蟀在嚯嚯唧唧地叫。这时我就哭了起来，一屁股坐在木屋的地板上——还用手掌使劲地啪啪拍打着地面！我喊着：‘你这永远填不满的大肚汉……你把她吞掉了……那就把我也吞掉吧！啊呀，玛莎呀！’”

“玛莎呀！”突然，他又如泣如诉地低唤一声。接着，他一边握住手中的缰绳，一边抬起手来用手套擦去眼里的泪水，又把它摘下来，往旁边一扔，耸一耸肩——就再也没吭一声了。

从雪橇上下来时，我多给了他十五戈比。他双手捧着帽子，向我深深地鞠了一躬——随后便踏着细碎的步子，沿着皑皑白雪覆盖的空荡荡的街道，迎着一月寒凛凛、白蒙蒙的浓雾，踉踉跄跄地慢慢远去了。

1878 年 4 月

傻　瓜

从前，有一个傻瓜。

很长一段时间里，他过得舒舒服服，无忧无虑。可是慢慢地他开始听到一些流言蜚语，说普天下都认为他是一个浑浑噩噩、庸庸碌碌的人。

傻瓜顿时感到无地自容，开始忧心忡忡地寻思：怎样才能消除这些可恶的风言风语。

终于，一个突如其来的妙计，让他那榆木脑袋如梦初醒……于是，他毫不犹豫，马上付诸行动。

他在街上偶然遇到一位熟人——而且，那熟人向他提起一位闻名遐迩的画家，赞不绝口……

“拉倒吧！”傻瓜大声叫道，“这个画家早已成为历史，无人问津了……您连这一点也不知道？我真没想到你竟会这样孤陋寡闻……您呀——真是一个落伍者。”

熟人瞠目结舌——于是，立即认同了傻瓜的见解。

“我今天读了一本妙不可言的书！”另一位熟人告诉他。

“拉倒吧！”傻瓜大声叫道，“您怎么不感到羞愧呢？这本书分文不值，大家早已弃之如敝屣了。您连这一点都不知道？您呀——真是一个落伍者。”

于是，这个熟人也瞠目结舌——而且，也认同了傻瓜的见解。

“我的朋友N.N.可真是一个超群出众的人啊！”第三个熟人

对傻瓜说，“他是一个货真价实的高尚人物！”

“拉倒吧！”傻瓜大声叫道，“N.N.——是个赫赫有名的卑鄙小人！他把所有的亲戚洗劫一空。这件事谁不知道？您呀——真是一个落伍者。”

第三个熟人也瞠目结舌——于是，也认同了傻瓜的见解，并且，与自己的朋友分道扬镳了。

无论是谁，只要他在傻瓜面前称道什么人，赞扬什么事——他总是旧调重弹，一律加以贬斥。

不过，有时候，他还会补上一句责备的话：

“难道您还在迷信权威？”

“一个专横跋扈的人！一个丧心病狂的人！”熟人们开始对傻瓜议论纷纷，“不过，他的脑瓜子是多么聪明啊！”

“还伶牙俐齿，巧舌如簧呢！”另一些人补充道，“噢，他真是个天才啊！”

最后，一家报纸的出版商约请傻瓜主持该报的评论专栏。

于是，傻瓜开始对一切人和一切事都指手画脚，横加指责，手法风格一如旧贯，连感叹的语气也一成不变。

曾几何时，他大声疾呼反对权威——而今，他自己也成了权威。年轻人既对他顶礼膜拜，同时又对他侧目而视。

而他们，这些可怜的年轻人，又能怎么样呢？尽管一般说来，不应该顶礼膜拜……然而，这个时候，你当心点儿！如果不顶礼膜拜。你就会掉进落伍者的行列中！

只有在胆小的人们中间，傻瓜才能如鱼得水，怡然自得。

1878 年 4 月

东方的传说

在巴格达，有谁不知道伟大的伽法尔[1]，这宇宙的太阳神呢？

很多年以前，伽法尔还是翩翩少年的时候，有一天，他在巴格达郊外漫步。

忽然，一声嘶哑的号叫传入耳中，有人在绝望地大呼救命。

伽法尔在同龄人中素以多谋善断、胆大心细而名震一时；但他极富慈爱悲悯情怀——而且对自己的力量满怀信心。

他朝呼救的地方飞奔，看见一个头童齿豁的老头儿被两个强盗紧按在城墙边，他们正在抢他的钱财。

伽法尔拔出马刀，向两个强盗扑去：一个在他的刀下一命呜呼，另一个则逃之夭夭。

获救的老头儿跪倒在自己的救命恩人面前，吻了吻他的衣角，高声说道：

"见义勇为的年轻人啊，你这种助人为乐的豪侠行为绝不会没有报答的。表面上看，我——是个一无所有的叫花子，但这只不过是外表而已。我这个人其实非同寻常。明天清早你到大市场来，我会在喷水池边等你——那时候你就会知道我所言不虚了。"

伽法尔寻思："看外表，这个人的的确确是个乞丐；然而——

1. 巴格达是古代伊斯兰教国王哈里发王朝的首都（现为伊拉克首都）。伽法尔是伊斯兰教的太阳神。

大千世界无奇不有，为何不试一试呢？”于是，他回答道：

“好的，老爹，我一定来。”

老头儿望了一望他的眼睛——便走了。

第二天早晨，东方欲晓的时候，伽法尔便起身去市场。老头儿一只胳膊靠在喷水池的大理石盘上，早已在等他了。

他一言不发地抓住伽法尔的一只手，把他带进一个四面围着高墙的小花园里。

在这个花园的正中，绿茸茸的草地上，长着一棵形状奇特非凡的树。

它像柏树，不过，它的叶子是蓝莹莹的。

三个果子——三只苹果——悬挂在朝上弯曲的细枝上：一只中等大小，椭圆形，乳白色；另一只很大，圆溜溜，红艳艳；第三只很小，皱巴巴，黄惨惨。

整棵树都在轻轻地瑟瑟作响，虽然没有一丝风。它简直就是一棵玻璃树，声音细袅袅、凄惨惨的，似乎感觉到伽法尔正在走向它身边。

“年轻人！”老头儿开口了，“这三颗果子中你可以随意摘取一个，不过你得明白：摘下白的吃了——你会智珠在握，超群绝伦；摘下红的吃了——你会富甲天下，一如犹太人洛希尔德[1]；摘下黄的吃了——你会博得老太太们的欢心。你打定主意吧！……别耽误时间！一个小时后，果子就会变得干瘪瘪的，连这棵树也会沉入哑然

1. 洛希尔德（1743—1812），欧洲最著名的银行家，世界知名的大富翁。曾在德国的法兰克福城开设兑换所，后发展成一个拥有许多分支机构的财政寡头家族。

无语的地心深处！”

伽法尔低下头去——沉思起来。

“现在该怎么办呢？”他低声说道，似乎在和自己商量，“变得聪明盖世——也许就不想脚踏实地地过日子了；变得富甲天下——那么所有的人都会嫉妒你；我最好还是摘下第三个果子——皱巴巴的苹果吃了吧！”

他果真这样做了。而老头儿张开牙齿脱尽的嘴大笑起来，并且说：

“哦，绝顶聪明的年轻人！你做出了最好的选择！白苹果对你有什么用呢？你早就比所罗门[1]还聪明了。红苹果你也不需要……即便没有它，你也会金玉满堂[2]的。只不过你这金玉满堂，是任何人都不会嫉妒的。”

“请您告诉我，老人家，”伽法尔心潮澎湃，问道，“神灵庇佑的哈里发[3]的那位尊贵的母亲住在哪里？”

老头儿深深地鞠躬到地——并且为年轻人指明了道路。

在巴格达，有谁不知道伟大的、赫赫有名的伽法尔，这宇宙的太阳神？

1878 年 4 月

1. 所罗门，公元前约 960—935 年以色列和犹太联合王国的国王，以聪明智慧著称。

2. “金玉满堂”在中文中有两种意思：一指财富极多，一指富有才学。这一段中，老头儿的话正好包含这两种意思。

3. 哈里发是伊斯兰教穆斯林国家国王的称呼。

两首四行诗

很久以前，有一座城市，城里的居民们爱诗如命，如果一连几个星期没有不同凡响的新作，他们就会把这种诗歌创作方面的歉收，看作社会的灾难。

那时，他们就会穿上自己最破烂不堪的衣裳，把灰撒到头上[1]，成群结队地聚集在每一个广场上，痛哭流涕，并且愁肠百结地抱怨缪斯抛弃了他们。

就在一个类似的倒霉日子里，青年诗人尤尼乌斯出现在广场上肠断魂销的稠人广众中间。

他健步如飞，登上专门搭建的一个高台——然后，做了个手势，示意他想朗诵诗歌。

卫士们立刻挥动权杖。

“肃静！注意了！”他们声若洪钟地大叫——于是人群慢慢安静下来，等待着朗诵。

“朋友们！伙伴们！”尤尼乌斯开始朗诵，他的声音虽然洪亮，然而不十分坚定：

朋友们！伙伴们！爱好诗歌的人们！
所有和谐与优美的崇拜者们！

1. 大家一起往头上撒灰是古代犹太人的一种习俗，借此表示共同的悲痛。

别让瞬间阴郁的悲伤搅得心烦意乱！

期盼的时刻即将来临……光明必定驱散黑暗！

尤尼乌斯朗诵完了……然而，回答他的，却是从广场的四面八方响起的一阵阵吵吵嚷嚷、声声口哨和哈哈大笑。

每一张望着他的面孔都腾炽着怒火，每一双眼睛都逼射出怨恨，每一双手都高高举起，紧攥成拳头，向他示威！

“竟想用这种东西来哗众取宠！”怒气冲冲的声音吼叫起来，“把这个平庸不堪的蹩脚诗人赶下台去！让这傻瓜滚蛋！让这个跳梁小丑吃烂乎乎的苹果、臭烘烘的鸡蛋！拿石头来！把石头拿到这里来！”

尤尼乌斯一个倒栽葱从高台上滚了下来……然而没等他回到家里，就听到一阵阵雷鸣般热烈的鼓掌声、赞叹声和叫喊声。

尤尼乌斯如堕五里雾中，赶忙回到广场上，不过，他极力不让别人发现他（因为激怒一头已经发狂的野兽是危险的）。

那么，他究竟看到了什么呢？

他的竞争对手，青年诗人尤利乌斯，身上披着一件紫红色的厚呢斗篷，飘动的鬈发上戴着一顶月桂花冠，站在一面扁平的金色盾牌上，被人们高高地举过肩头，耸立在熙熙攘攘的人群上空……而周围的人群却在狂喊大叫：

“光荣啊！光荣！光荣属于千古流芳的尤利乌斯！在我们垂头丧气的时候，在我们痛心入骨的时候，是他安慰了我们！他送给我们的诗，比蜂蜜还香甜，比锣鼓还响亮，比玫瑰还芬芳，比蓝天还明净！隆重地把他抬起来吧，让神香的轻烟在他那灵思泉涌的头顶萦萦绕绕吧，让棕榈枝节奏分明地轻轻扇动，清凉清凉他的前额吧，让所有的阿拉伯没药在他脚下，弥漫成芳香的云雾吧！光荣啊！”

尤尼乌斯走到一位赞颂者跟前。

“请你告诉我，啊，我的同胞！尤利乌斯究竟朗诵了一首什么诗，竟使你们这样如醉如痴？唉！他刚才朗诵的时候，我不在广场上！如果你还记得的话，请你费神把它们再念一遍！”

“这么好的诗——怎么会记不得呢？”被问者满腔热情地答道，“你把我当成什么人啦？请听吧——你也欢呼吧，同我们一起欢呼吧！

“‘爱好诗歌的人们！’被人们敬若神明的尤利乌斯的诗，是这样开头的……

爱好诗歌的人们！伙伴们！朋友们！
所有和谐、悦耳与柔美的崇拜者们！
别让瞬间沉重的悲伤搅得心烦志懈！
期盼的时刻即将来临……白昼必定驱散黑夜！

“怎么样？”

“请原谅！”尤尼乌斯大叫起来，“这可是我的诗啊！当我朗诵这首诗时，尤利乌斯一定就在人群里——他听了之后，稍稍改动了几个地方，就把它们复述了出来。当然啦，诗改得比较糟糕——尽管只改动了几个词！”

“啊哈！现在我认出你是谁了……你是尤尼乌斯，”被他叫住问话的那位公民皱紧眉头反驳他，“你这是嫉贤妒能，要不便是愚不可及！……你只要想上一想，倒霉蛋！尤利乌斯可真是大笔如椽，硬语盘空啊：‘白昼必定驱散黑夜！……’可你呢——简直是胡说八道：‘光明必定驱散黑暗’？！什么样的光明？！驱散什么样的黑暗？！”

“这难道不是一回事吗……”尤尼乌斯刚一开口……

“你要是再啰唆一句，”那个公民打断他的话，“我就喊大家来……他们会把你撕成碎片！”

尤尼乌斯因时制宜地保持沉默，而一位两鬓斑白的老者，听见了他和那位公民的谈话，走到可怜的诗人面前，伸出一只手拍拍他的肩膀，说道：

“尤尼乌斯啊！你朗诵的是自己的诗——可惜时机不对；而那一位朗诵的不是自己的诗——但却适逢其会。所以，他一举成名——而你只能以于心无愧安慰安慰自己的良心了。”

然而，正当黄钟毁弃的尤尼乌斯以无愧于心安慰自己良心的时候——说实话，这种安慰虽然竭尽全力，效果却微乎其微。远处，在雷鸣般的鼓掌声和浪涛般的欢呼声中，在普照万物的太阳那金灿灿的光辉里，尤利乌斯神气活现，傲然挺立，仿若一位凯旋的皇帝，器宇轩昂、从容不迫地昂首挺胸缓缓前行，身上的紫红色厚呢斗篷熠熠闪光，头上的桂冠在神香那波翻浪涌般的阵阵烟雾中忽隐忽现……长长的棕榈枝依次向他鞠躬，仿佛要用它们轻悠悠的上扬和软款款的下落——来表达为他心醉神迷的同胞们心中那源源不断、汹涌澎湃的崇拜之情！

1878 年 4 月

麻　雀

我打猎回来，走在花园的林荫小路上。猎狗在我前面跑着。

突然，它放慢了脚步，开始轻轻悄悄地往前走，仿佛嗅到了前面有什么野物。

我顺着林荫小路往前望去，于是看见一只小麻雀，嘴角黄嫩嫩的，头上长着细细的绒毛。它是从鸟窝里掉下来的（大风吹得林荫小路上的白桦树剧烈地左摇右晃），一动也不动地蹲着，软弱无力地撑开一双羽毛未丰的小翅膀。

我的猎狗正慢慢逼近它。忽然，一只黑胸脯的老麻雀，从附近的一棵树上，像块石头似的直冲下来，正好落在猎狗的嘴前——它全身羽毛倒竖，完全改变了形状，绝望而凄厉地尖叫着，接连两次朝着猎狗那锐牙利齿的血盆大口飞扑过去。

它俯冲下来救护幼鸟，它用自己的身躯遮挡住自己的孩子……然而，它整个小小的身躯由于恐惧而瑟瑟颤抖，细小的声音变得狂野而嘶哑。它兀立不动，它准备牺牲自己！

对它来说，猎狗简直是个硕大无朋的怪物！然而，它仍然不愿稳坐在高高的、安然无恙的树枝上……一种比它的意志更强大的力量，使它从树枝上飞扑下来。

我的特列佐尔[1]茫然站住，开始后退……显而易见，就连它也承

1. 特列佐尔是猎狗的名字。

认了这种力量。

我赶忙唤回窘态十足的猎狗——满怀敬意地走开了。

是啊，请别见笑。我崇敬那只英勇的小鸟，崇敬它那奋不顾身的爱的激情。

在我看来，爱比死亡和对死亡的恐惧更强大。只是因为它，只是因为爱，生命才得以保存和发展。

1878 年 4 月

玫　瑰

八月底的最后几天……秋天已经来临。

夕阳西沉。既无一声轻雷，也无一道闪电，一阵突如其来的瓢泼大雨，刚刚从我们一望无际的平原上空疾驰而过。

屋子前的花园全身沐浴着红艳艳的晚霞，树上树下万道泉水潺潺竞流，红光闪闪，烟雾蒙蒙。

她坐在客厅的一张桌子旁，透过半开半掩的门望着花园，凝神沉思。

我知道她这时的所思所想；我知道，此时此刻，经过一番短暂而痛苦的斗争，她已不由自主地沉浸在一种再也无法控制的感情之中了。

忽然，她站了起来，急急地走进花园，便无影无踪了。

时钟敲过了一小时……又敲过了一小时，她还没有回来。

这时我站起身来，走到屋外，沿着她刚走过的那条林荫小路——对此，我确信无疑——向前走去。

四周的一切都已变得黑蒙蒙的，夜幕降临了。然而在小路湿乎乎的沙土上，透过迷迷茫茫的夜色，一件圆形的东西发着亮悠悠的红光。

我俯下身子……这是一朵娇嫩欲滴、蓓蕾初放的玫瑰。两个小时前我看见，缀在她胸前的，正是这朵玫瑰。

我小心翼翼地捡起这朵掉在泥泞里的小花，便回到客厅，把它放在她坐的安乐椅旁边的桌子上。

瞧，她终于回来了——迈着轻轻巧巧的步子，穿过客厅，在桌子边坐了下来。

她面色苍白然而喜气洋洋；那双睫毛低垂、似乎变小了的眼睛，乐悠悠、羞答答地迅速扫视着四周。

她看见了那朵玫瑰，便一把抓在手里，望一望它那皱巴巴、泥点点的花瓣，又望了望我——于是，那双眼睛突然间木然不动了，绽开了一颗颗晶莹的泪花。

“您哭什么呢？”我问她。

“啊，就哭这朵玫瑰。您看，它变成什么样子了。”

这时，我想出了一句富有深意的警句。

“您的眼泪将会洗净这些污垢。”我意味深长地说。

“眼泪不会清洗，眼泪会熊熊燃烧，”她回答道，接着便转身面向壁炉，把那朵小花扔进渐渐暗淡的火焰里。

“熊熊火焰比滴滴泪珠燃烧得更加纯净。”她英姿飒爽地大声说道——同时，她那双清亮秀美、泪水盈盈的眼睛，豪放不羁、幸福无比地笑了起来。

我明白，她也在火焰中熊熊燃烧起来了。

1878 年 4 月

纪念尤·彼·弗列夫斯卡娅

她躺在泥泞地里一堆臭烘烘、潮乎乎的麦秸上，在仓促改作战地流动医院的一间破草棚的屋檐下，在保加利亚一个被战火毁坏的小村子里——她染上伤寒已经两个多星期了，很快就要香消玉殒，赍志而殁。

她已经不省人事——甚至没有一个医生看她一眼。那些在她还能行走时护理过的伤兵们，接二连三地从自己带菌的麦秸窝里站起来，把盛在破瓦罐碎片上的水，送到她那干裂的嘴唇边，滴上几滴。

她原本年轻美丽，名满整个上流社会，就连达官显宦都关注她的一举一动。女士们暗暗嫉妒她，男人们拼命追求她……有两三个人誓死不渝地偷偷爱着她。生活曾经向她展开一片灿烂的微笑，然而，微笑往往比眼泪更糟糕。

一颗温顺、娇柔的心……却有如此舍生忘死的力量，如此渴望献身的精神！帮助那些需要帮助的人……她不知道别的幸福……全然不知——也未曾体验过。别的任何幸福都已擦身而过。然而，她对此早已安之若素——她浑身燃烧着不灭的信仰之火，只想一心一意为他人服务。

在她的灵魂深处，在她的心灵最隐秘的地方，秘密地收藏着多少奇珍异宝，从来没有人知道——而今，更是没有人知晓了。

而且，又何必知道呢？牺牲已经做出……事业也已完成。

可是，每当想到甚至没有一个人向她的遗体说一声谢谢，就令

人感到痛心入骨——尽管她本人对任何感谢都羞于接受，并且避之唯恐不及。

那就请让我斗胆把这朵迟开的小花，祭献在她的墓前，但愿她那可爱的灵魂不会因此而受到亵渎！

1878 年 9 月

最后一次会晤[1]

我们曾是亲若兄弟、视为知己的朋友……然而，不幸的时刻降临了——我们分道扬镳，仿如仇敌。

许多年过去了……一天，我顺道来到他居住的城市，获悉他已重病缠身，危在旦夕——很想见我一面。

我立即前去看望他，走进他的房间……我们的目光相遇了。

我几乎认不出他来了。上帝啊！疾病竟然把他折磨成这个样子了！

他脸上黄干干的，身体瘦筋筋的，头顶光秃秃的，留着稀稀疏疏一小撮花白的胡子，穿着一件故意剪开的衬衣……他已衰弱得连一件最轻薄的外衣的重量都承受不起了。他颤巍巍地向我伸出一只瘦骨嶙峋的手，吃力地喃喃说出了几个含糊不清的字——是问好呢，还是责备，谁知道？骨瘦如柴的胸脯徐徐起伏着——红灼灼的眼睛里，那对缩小的瞳仁上面，滚动着两颗痛苦的小小泪珠。

我心如刀割……我坐到他身边的一把椅子上——看着他这副触目惊心、不成人样的惨象，我不由自主地垂下眼帘，也向他伸出手去。

---

1. 本篇写的是作者与俄国诗人涅克拉索夫（1821—1878）的事情。19世纪60年代初，屠格涅夫与时任《现代人》杂志主编的涅克拉索夫因故断交。1877年5月25日，从巴黎回到彼得堡的屠格涅夫探望了病危的诗人，本篇写的就是这次会面。诗人的妻子齐娜伊塔·尼古拉耶芙娜·涅克拉索娃在1915年写的回忆录《为大家而生活》里，也写到这次会面。

然而，我似乎觉得，握住我的手的那只手，不是他的手。

我似乎觉得，在我们两人中间，坐着一位长挑挑、静幽幽的白衣女人。她从头到脚裹着一件长长的罩衣。她那深幽幽、白蒙蒙的眼睛从不斜睨旁视；她那白惨惨、冷冰冰的嘴唇从不说一句话……

这个女人把我们两人的手连接起来……她使我们永远和解了。

是的……死神使我们和解了。

1878 年 4 月

门　槛

我看见一座高大的楼房。

正面墙上一扇狭小的门大敞着；门里面——阴森森、暗蒙蒙的。高高的门槛前，站着一位姑娘……一位俄罗斯姑娘。

那黑腾腾的浓雾里散发出森森寒气；随着这冷浸浸的寒气，从楼房深处传出一个慢条斯理、低沉喑哑的声音。

“哦，你想跨进这道门槛——你可知道，是什么在等着你吗？”

“知道。”姑娘回答道。

“那可是寒冷、饥饿、憎恨、讥笑、蔑视、屈辱、监狱、疾病甚至死亡啊，你知道吗？”

“知道。”

“与人世完全隔绝，孤独寂寞呢？”

“知道。我早已作好准备。我能忍受一切苦难，一切打击。”

“不仅是来自敌人的打击——而且还有来自亲人和朋友的打击呢？”

“对……也包括来自他们的打击。”

“好。你甘愿牺牲自己吗？”

“是的。”

“无声无息地牺牲吗？你英年早逝——却没有任何人……甚至没有任何人知道，应该悼念谁！”

“我既不需要感激，也不需要怜悯。我不需要留名后世。”

“你准备犯罪吗？”

姑娘垂下头……

“对于犯罪，我也作了准备。”

那声音停顿了一会，没有接着提问。

“你知道，”那声音终于问了起来，“你将来可能会放弃现在的信仰，可能会发现自己受了骗上了当，枉自牺牲了自己青春妙龄的生命？”

“就是这，我也知道。无论如何我要进去。”

“进来吧！”

姑娘跨进了门槛——于是，一道重坠坠的门帘在她背后落了下来。

“傻瓜！”有人在后面咬牙切齿地骂道。

“圣女！”不知从哪里传来一声回答。

1878 年 5 月

探 访

我坐在敞开的窗前……一天清晨，五月一日的凌晨。

朝霞还没染红东方，但黑漫漫、暖融融的夜已经开始变得白荡荡、凉森森的。

没有晨雾袅袅升起，也没有微风轻轻吹拂，万物都浑然一色，悄然无声……不过，感觉得到，万物苏醒的时刻近在弹指之间——渐渐疏朗的空中，弥漫着凉浸浸、润滋滋的露水味。

突然，一只大鸟穿过洞开的窗户，飞进我的房间，微微拍动翅膀，发出轻轻的沙沙声。

我打了个冷战，定睛望去……那不是一只鸟，那是一个长着翅膀的细小女子，穿着一件长长的紧身连衣裙，下摆是波浪形花纹。

她全身是灰白的珠母色；只有一双小小翅膀的内侧，像盛开的玫瑰花一样，闪耀着娇柔的嫩红；圆圆的小小脑袋上，一个用铃兰花编织的花环，紧束着披散的鬈发——而在那美丽饱满的小小前额上，两根孔雀毛就像蝴蝶的两根触须，饶有趣味地晃来晃去。

她在天花板下飞舞了两三圈，小可可的脸上笑盈盈的，那双乌溜溜、亮汪汪的大眼睛也笑盈盈的。

这恣意顽皮的飞翔，就像其乐无穷的游戏，让她的眼睛发出钻石般的璀璨光芒。

她手里拿着草原小花的一枝长茎：俄罗斯人称它为“沙皇的权杖”——它也的确像一根权杖。

她快如闪电地从我头上飞掠而过，用那朵小花轻轻触了一下我的头顶。

我奋力朝她追去……可她已经风一样轻盈地飞到窗外——然后疾飞而去。

在花园里，在丁香花丛的深处，一只斑鸠用它的第一声咕咕啼鸣向她表示欢迎——而在那边，她失去踪影的地方，乳白色的天空悄悄地燃起了一片红霞。

我认出你了，幻想女神！你驾临寒舍，纯属偶然——你是飞去探访年轻的诗人们的。

哦，诗歌啊！青春啊！女性的纯真之美啊！你们只能在我面前闪耀电光石火般短暂的光辉——在这个早春时节的清晨！

1878 年 5 月

Necessitas, Vis, Libertas[1]

（一幅浅浮雕）

一个高条条、瘦棱棱的老太婆，面色僵硬如泥塑木雕，目光迟钝呆滞，正大步如飞地往前走，并且，伸出一只像棍子一样干剥剥的手，推着自己前面的另一个女人。

这个女人身材魁梧，腰圆体胖，孔武有力，肌肉像赫拉克勒斯[2]那样发达，细尖尖的脑袋，长在公牛一般圆粗粗的脖子上——而且双目失明。她也推着一个瘦精精的女孩子。

只有这个小姑娘有一双亮晶晶的眼睛；她顽强抵抗，一再转过身来，高举起一双纤细美丽的小手；她那生气勃勃的脸上，露出怒火中烧、无所畏惧的神色……她不愿俯仰由人，不想去她们推她去的地方……然而，她仍然得身不由己地听命于人，并且一步步走向前。

Necessitas，Vis，Libertas.

谁愿意翻译——就让他把这三个词翻译出来吧。

1878 年 5 月

---

1. 拉丁语，意为“必然、力量、自由”。
2. 希腊神话中的英雄，又名阿尔客得斯，是著名的大力士，曾立下十二件大功。

施　舍

一座大城市近郊，宽阔的大路上走着一个病恹恹的老人。

他趔趔趄趄地走着，骨瘦如柴的双腿拖着重沉沉、虚怯怯的步子，步履蹒跚，跌跌撞撞，磕磕绊绊，仿佛两条腿不是自己的；一身衣服就像挂在身上的破布片，没戴帽子的脑袋，低垂在胸前……他已经精疲力竭了。

他在路边的一块石头上坐了下来，向前俯下身子，两只胳膊撑在膝上，双手捂住脸——滴滴泪珠流过弯曲的手指缝，滴进干燥的灰色尘土里。

他在回忆历历往事……

他想起了，他曾经是怎样的钢筋铁骨，富甲一方——又怎样损害了健康，把钱财家产分送给别人，分送给朋友和敌人……而如今，他连一块面包也没有——而且，所有的人都弃他不顾，朋友们更是抢在敌人的前面……难道他竟然沦落到要摧眉折腰地乞求施舍的地步了？他愁肠百结，羞愧万分。

而泪珠仍在一串串地滴呀，滴呀，在灰色的尘土上滴出一片斑斑点点。

突然，他听到有人在叫他的名字，他抬起疲惫不堪的头——看见一个陌生人站在自己面前。

那人神态安详而庄重，不过并不严厉；眼睛并不炯炯发光，但明亮如水；目光洞微察隐，但并不凶恶。

“你把自己的家财分送得干干净净，”那人平心静气地说，“可是，你却并不后悔你以前的善行义举吧？”

“不后悔，”老人长叹一声，答道，“只不过现在我已快要死了。”

“假若世上没有那些向你伸手求怜的乞丐，”陌生人继续说，“那你还能在谁的身上表现你的美德，实施你的善行呢？”

老人哑然无语——他开始沉思。

“既然如此，那么现在你也就别再心高气傲了，可怜的人，”陌生人又开口说道，“去吧，把你的手伸出来吧，你也给别的好心人一个机会，让他们用行动来表现自己的善心吧。”

老人全身猛地一震，不禁抬起眼睛……然而陌生人已经失去了踪影，而远处的大路上走来了一个行人。

老人走到他跟前——并且向他伸出一只手。这个行人冷若冰霜地转过身子，什么东西都没有给。

但是，另一个人接着走过来了——这个人给了老人一点点施舍。

老人便用这几戈比铜币给自己买了一块面包，而且，他还觉得这块乞讨得来的面包香喷喷、甜滋滋的——他心里并没有丝毫羞愧的感觉，相反，他的脸上洋溢着一种宁静的欢乐。

1878 年 5 月

菜 汤

一个农家寡妇的独生子死了，他刚二十岁，是村子里顶呱呱的干活能手。

女主人，也就是这个村的女地主，听说农妇的不幸遭遇后，就在送葬的那天去看望她。

女东家在农妇的家里见到了她。

农妇站在小屋中间的一张桌子前面，不慌不忙、井然有序地用

右手（左手像一根干藤垂在腰间）从一只熏得黑糊糊的瓦罐底里舀着清水似的菜汤，并且一勺一勺喝进肚里。

农妇的那张脸瘦岩岩、黑黢黢的；一双眼睛红通通、肿泡泡的……但她却恭敬、笔直地站着，就像在教堂里一样。

“天哪！”女主人心想，“在这个时候，她竟然还吃得下东西……不过，他们所有的人全都一个样，都是铁石心肠！”

女主人于是想起了，几年前她的那个才九个月的女儿不幸夭折，她心如刀割，拒绝租住彼得堡近郊的一所漂亮别墅避暑，竟在城里度过了整个夏天！

然而，这个农妇却还在继续一勺一勺地喝着清水菜汤。

女主人终于按捺不住了：

“达吉亚娜！”她说，“哎呀呀！我真感到奇怪！难道你不爱自己的儿子？你的胃口怎么还这么好呢？你怎么就喝得下这些菜汤呢！”

“我的瓦夏死了，”农妇低声说道，伤心的眼泪又沿着她那深陷的脸颊刷刷滚落，“就是说，我也活到尽头了：我的脑袋就像被活活地砍掉了一样。可这菜汤不能糟蹋呀，里面可是放了盐的啊。”

女主人只好耸一耸肩膀——随后就离开了。对她来说，盐是唾手可得的便宜东西。

1878 年 5 月

蔚蓝的王国

啊，蔚蓝的王国！啊，蔚蓝、光明、青春和幸福的王国！我见到你了……在梦里。

我们几个人坐着装饰华丽、精美好看的一叶轻舟。猎猎招展的三角桅旗下面，鼓满了风的白帆，好似天鹅的胸脯。

我不知道，自己的同伴是些什么人，但我身上的每一个器官都感觉到，就像我一样，他们也是如此的年轻，快乐和幸福！

不错，我并不怎么注意他们。我放眼四望，只见蓝色的一片无边无际的大海，海面上铺展着金灿灿的鳞片似的万顷细浪，而头顶也是同样蓝漾漾一片无边无际的天空——就在那里，滚动着一轮和蔼可亲的太阳，它欢天喜地，笑容可掬。

我们中间不时飞出清朗朗、乐悠悠的笑声，这简直就是众神的欢笑！

有时，突然有人说几句连珠妙语，有人吟几行妙不可言、灵思动人的诗……似乎，天空也以阵阵天籁与之应答——就连周围的大海，也深有同感地发出颤鸣……接着，又是令人心醉神迷的宁静。

我们的轻舟，随着软漾漾的波浪轻轻起伏，飞驰向前。并没有风推送它，是我们自己那朝气蓬勃的心驱使它向前。我们想去哪里，它就可心如意地飞驰向哪里，就像一个心有灵犀的活东西。

有时，我们会遇到一些岛屿，这是一些半透明的仙岛，岛上到处是红艳艳、蓝莹莹、绿晶晶的各种珍贵宝石，五光十色，灿烂耀眼。从圆形的海岸边飘来令人心旷神怡的芳香；其中的一些岛屿上，白玫瑰和铃兰落英缤纷，阵阵花雨飘洒到我们身上；另一些岛屿上，一群群七彩夺目的长翼海鸟蓦地腾空飞起。

这些海鸟在我们的头顶盘旋飞舞，铃兰和玫瑰的落英与珍珠般的泡沫融为一体，从我们光滑的船舷外漂流而去。

伴随着花雨和群鸟，飘来一阵阵甜蜜蜜的声音……其中似乎还有女性的声音……于是，四周的一切：蓝漾漾的天空，绿澄澄的大海，头顶哗哗飘动的白帆，船尾潺潺流淌的碧水——这一切都在诉说着爱，诉说着怡然自得、幸福无比的爱！

而她，我们每个人都深爱着的那位女子——她就在这里……虽然不见芳踪丽影，但却近在身边。再过一瞬间——瞧吧，她的双眼就会秋波闪闪，她的脸上就会绽开一朵朵微笑……她的手就会拉住你的手——并且把你引进鲜花常开、青春永驻的天堂！

啊，蔚蓝的王国！我见到了你……在梦里。

1878 年 6 月

老　人

昏天黑地、沉重难熬的日子来临了……

自身的病痛，亲人的疾病，暮年的凄凉与悲苦……你曾经热爱过的一切，你曾无私地为之献身的一切——正在风流云散，灰飞烟灭。眼前，是一条下坡路。

究竟怎么办呢？向隅而泣？日坐愁城？你这样做，无论于人于己都毫无助益。

那渐趋枯萎的虬曲树干上，枝头的树叶越来越小，也越来越稀——但绿意盈盈，一如从前。

你也紧缩起来，躲进自己的内心，沉湎到自己的回忆里吧——在那里，在灵魂幽深的隐秘之处，在凝神沉思的心灵的最底层，你那往日的生活，只有你一个人才能接近的生活，仍将在你的面前散发自己的芬芳，展现清新的绿意和春天的明媚与力量！

不过，你可得当心……千万别朝前看啊，可怜的老人！

1878 年 7 月

记　者

两个朋友围桌对坐，一起喝茶。

街上突然沸喧盈天。有人在如怨如诉地呻吟，有人在疾言厉色地咒骂，有人在幸灾乐祸地哄笑。

“他们在打人呢。”一个朋友朝窗外望了一眼说。

“打的是一般犯人？还是杀人凶手？”另一个问道，“请听我说，无论他是什么人，绝不容许未经法庭审判就任意责罚。走吧，咱们去为他讨个公道。”

“不过，他们打的不是杀人凶手。”

“不是杀人凶手？那么是个小偷了？反正一样，咱们去把他从人群里救出来。”

“也不是小偷。”

“不是小偷？那么是个售票员？铁路工人？军需官？俄罗斯学术和文艺的保护者？律师？与人为善的编辑？乐善好施的慈善家？……无论如何，咱们得去帮他一把。”

“不……这个挨打的是个记者。”

“记者？唔，那么你听我说：咱们先喝完这杯茶再说。”

1878 年 7 月

两兄弟

那是一个幻影……

两个天使……两个精灵飞临我身边。

我之所以说他们是天使……精灵——是因为两人都赤身裸体，一丝不挂，并且每一个的肩膀后面都长着一对劲鼓鼓的长长翅膀。

两个都是青年。一个——稍显丰满，光滑滑的皮肤，乌油油的鬈发。浓密的睫毛下一双褐色的眼睛，满蕴着深情；目光温情脉脉，快快乐乐，充满渴望。面孔如出水芙蓉，清丽可爱，只是稍稍有点儿粗豪，微微带点儿凶悍。鲜红而丰满的嘴唇，轻轻地颤动着。青年微笑着，就像一位大权在握的人那样——充满自信又慵慵懒懒；一顶华丽的花冠，轻轻罩在他那亮油油的头发上，几乎遮住天鹅绒般的双眉。丰满的肩膀上，挂着一张用金箭别住的色彩斑斓的豹皮，轻轻地一直垂到弯成弓形的大腿上。翅膀上的羽毛是醒目的玫瑰红；翅尖则是一片鲜红，仿佛浸染过殷红的鲜血。这对翅膀不时快速扇动，发出银铃一般清脆悦耳的玲玲声，春雨一般柔美动听的沙沙声。

另一个身材瘦削，肤色偏黄。每次呼吸时，肋骨隐约可见。淡黄色的头发，稀疏而粗直；一双圆溜溜的浅灰色大眼睛……目光惊惶不安，而且出奇的明亮。整个脸型是尖尖的；微微张开的小嘴里露出鱼齿一般尖细的牙齿；短短的鹰钩鼻子；前翘的下巴，上面蒙着一层白茸茸的细毛。两片干瘪瘪的嘴唇，从来不曾挂上过一丝微笑。

那是一张端端正正然而望而生畏、冷酷无情的脸！（其实，那第一个眉目如画的青年——他的脸虽然温柔可爱，但同样没有怜悯之情。）第二个人的头上插着几根空瘪瘪的断麦穗，用一根干枯枯的草茎编在一起。腰间缠着一块粗拉拉的灰布；背后的一双翅膀蓝靛靛的，淡然无光，缓缓地威严地扇动着。

两位青年就像是形影不离的双飞蛱蝶。

他们彼此肩膀紧靠着肩膀。第一位软温温的手像一串葡萄似的，搭在第二位瘦巴巴的锁骨上；第二位瘦小的手臂连同细长的五指，像蛇一样贴在第一位那女人一般的胸口上。

这时，我听到一个声音……这声音这样说：

“站在你面前的，是爱情和饥饿——这是一对亲兄弟，它们是一切生命的两大根基。

“所有的生物——都在四处活动，为的是觅食；而觅食，又是为了繁殖。

“爱情和饥饿——它们的目标毫无二致：必须使生命瓜瓞绵绵延续下去，无论是自己的生命，还是他人的生命——毕竟都属于那个宇宙的总生命。”

1878 年 8 月

利己主义者

他身上具有一切必需的条件，使他成为家庭的灾星。

他生来身强体壮钱多财广——而且，在自己那漫长的一生中，他自始至终身强体壮，钱多财广，不曾有过一次过失，不曾犯过一次错误，不曾说错一句话，也不曾有过一次失算。

他诚实正直，尽善尽美……并且以意识到自己的诚实正直而得意扬扬，借此压制所有的人：亲人，朋友，熟人。

诚实正直成了他的资本……于是他借此掠取高额利息。

诚实正直使他有权利做一个冷酷无情的人，不去做法律上没规定的任何一件好事；于是，他也就真的变成冷酷无情的人——不做一件好事……因为法律规定的好事——那也便不是什么好事。

他从来不关心任何人，除了他自己——真该奉为楷模啊！假如别人也同样对他这位人中狮子漠不关心，那他就会理直气壮地勃然大怒！

与此同时，他并不认为自己是个利己主义者——而且，他对利己主义者和利己主义，谴责得比谁都严厉，抨击得比谁都猛烈！还用得着说吗！别人的利己主义损害了他自己的利己主义。

他在自己身上看不到一丁点最微小的弱点，因此就无法理解也绝不容忍任何人的弱点。总之，他对任何人和任何事都一无所知，因为他方方面面，上上下下，前前后后，整个儿都被自己纤悉无遗地包裹起来了。

他甚至从不知道：宽恕意味着什么？他根本不需要宽恕自己……他又凭什么要宽恕别人呢？

面对自己良心的审判，面对自己的上帝——他，这个怪物，这个披着美德外衣的恶魔，举目望天，振振有词、字字清晰地说：“对啊，我是一个当之无愧的道德君子！”

在行将就木之前，他还会重复这句话——即便到那个时候，他那颗顽石一般的心，那颗毫无瑕疵、毫无裂痕的心，也绝不会有丝毫颤抖。

啊，自命不凡、刚愎自用、廉价沽来的美德，比起赤裸裸的恶德败行来，你的丑陋不堪恐怕更叫人憎恶！

1878 年 12 月

天神的盛宴

有一天，天神心血来潮，想在他那蓝晶晶的宫殿里，举行一次盛大的宴会。

所有的美德都被列为赴宴的嘉宾。仅仅邀请美德……男士一个不邀，单单只请女宾。

嘉宾云集，门庭若市——大大小小的美德女神聚会在一起。小的美德女神们比起大的美德们更娇媚迷人，更温柔可爱；不过，所有的宾客似乎都显得心满意足，而且彬彬有礼地相互交谈着，就像至亲好友在娓娓叙谈。

然而，就在这时，天神发现了两位如花似玉的女士，看上去她们彼此还素不相识。

主人便拉着其中一位女士的手，把她引到另一位面前。

“行善女神！”他指着第一位女士说。

“感恩女神！”他又指着第二位女士说。

两位美德女神惊讶得说不出话来：自从世界存在以来——而这个世界早就存在了，她们相互会面，还是破天荒头一回呢！

1878 年 12 月

斯芬克斯[1]

一片灰中透黄、表面松散、底层坚实、吱吱作响的沙漠……举目四望，到处都是茫茫无边的沙漠！

就在这片渺无人迹的沙漠上，就在这片死灰堆积的海洋上，巍然耸立着埃及斯芬克斯的巨大头像。

它们想说些什么呢，这两片噘起的宽阔的厚嘴唇，这两个一动不动的大张着的朝天鼻孔——还有这两只眼睛，这两只在两道弓形的高高眉毛下似睡非睡似醒非醒、半开半闭似看非看的眼睛？

而它们确实想说些什么！它们甚至正念念有词——但只有俄狄浦斯一个人能猜透谜底，领悟它们那无声的话语。

哦！我也认识这副面容……它已经没有一丝埃及的影子了。白白皙皙的低低前额，高高凸起的颧骨，又短又直的鼻子，洁白的牙齿，漂亮的嘴巴，柔软的短髭，卷曲的胡须——还有这双相距颇远的小小眼睛……梳着分头的浓密头发……这就是你呀，卡尔普，西多尔，谢苗，雅罗斯拉夫省、梁赞省的庄稼汉，我的同胞，俄罗斯的亲骨肉！你是不是早已变成斯芬克斯了呢？

莫非你也想说些什么？是啊，你也是——斯芬克斯。

---

1. 斯芬克斯源自古埃及传说，开罗至今尚存其巨型狮身人面雕像。后传入古希腊。在希腊神话中，斯芬克斯变成女首狮身并长有翅膀的怪物，在生与死搏斗时她就被请出来，代表神的惩罚。

你的眼睛——这一双没有色彩然而深邃的眼睛也在说着……它们的话语也是同样无声的，并且像谜语一样神秘隐晦。

只是你的俄狄浦斯在哪里呢?

唉！全俄罗斯的斯芬克斯啊，要想成为你的俄狄浦斯，光是戴上一顶穆尔莫尔卡帽[1]，那是远远不够的!

1878年12月

1.18世纪以前俄国贵族男子所戴的一种平顶卷檐皮帽。

女 神

我站在一片美丽的群山面前，群山连绵起伏，像一把扇子伸展开去；从山顶到山麓，到处覆盖着绿生生的幼树林。

群山上面，是清湛湛、蓝莹莹的南国天空；太阳当空，金光万道；群山下面，一条条湍急的小溪，在片片绿草丛中时隐时现，淙淙流淌。

我不禁想起了一个古老的传说，说的是公元一世纪，有一艘希腊船在爱琴海上航行。

时间已到中午……风和日丽，波平浪静。蓦然间，在舵手头上的高空中，有人字字清晰地说道：

“当你驶过海岛的时候，你要大喊一声：‘大神潘死啦！’”

舵手吓得目瞪口呆，魂不附体。然而，当船只从海道旁驶过时，他终于奉令承教，大叫了一声：

“大神潘死啦！”

于是，他的叫喊立即有了回应，海岛沿岸各处（而该岛荒无人烟）响起了号啕大哭声、呻吟声以及拖得长长的哀号声：

“死了！大神潘死啦！”

我想起了这个传说……同时，一个奇怪的念头袭上心头：“如果我也大叫一声，那会怎样呢？”

可是，由于我置身在一片盎然生机、融融欢乐之中，我不曾考虑死的问题——于是集中全身力气高喊：

“复活啦！大神潘复活啦！”

于是，立即——真是咄咄怪事！——我的叫喊得到了回应，扇子般展开的青翠欲滴的辽阔群山，轰滚着友好的大笑声，飘腾起快乐的说话声和鼓掌声。“他复活啦！潘复活了！”一片青春的声音在喧腾。前面的一切突然都喜笑颜开，比高空的太阳更灿烂，比草丛中淙淙流淌的小溪更欢快。我听见一阵轻飘飘、急乎乎的脚步声，透过绿蓁蓁的密林，隐隐闪现出大理石一般白莹莹的波浪形衣裙，活鲜鲜、红润润的裸露躯体……那是一群女神，一群女神啊，一群森林女神，这些酒神的女祭司正从山顶跑向平原……

她们一下子站满了所有的林间空地。一绺绺鬈发盘绕在她们那美丽无比的头上，匀称优美的素手高举着花环和铃鼓——于是，笑声，响亮动听的奥林匹斯的笑声，便随着她们在山林间飞荡，飘舞……

一位女神飞跑在最前边。她比所有女神更高，更美丽——她肩上挂着箭袋，手里拿着弯弓，飘逸的鬈发上插着一弯银光灿灿的新月……

狄安娜[1]，这——可是你？

然而，这位女神突然止步不前了……于是，顷刻间，紧跟在她身后的所有女神也都停住了脚步。银铃般的笑声云消雾散了。我看见，猛然间一声不吭的女神脸上，罩上了一层死人般的惨白，她的双手绵软无力地垂了下来，她的双脚像石头那样僵硬，不可言状的恐惧使她嘴巴大张，眼睛圆睁，紧瞪着远方……她看见了什么？她紧瞪着哪里？

---

1. 狄安娜是罗马神话中的月亮和狩猎女神，在希腊神话中叫阿尔忒弥斯，是太阳神阿波罗的孪生姐姐，她终身未嫁，也是纯洁的处女之神。

我转身朝着她紧瞪着的那个方向……

在远远的天边，在低低的地平线上，一个金灿灿的十字架像小小火球闪闪发光，它高高挂在一座基督教教堂的白色钟楼上……女神看见的正是这个十字架。

我听见身后传来一声飘忽不定的长长叹息，好似琴弦绷断时发出的颤音——而当我再度转过身来，女神们早已无影无踪了……辽阔的树林依旧翠意盈盈——只是有好几个地方，透过密森森的枝叶，隐隐可见几片白色的云片在袅袅消散。那到底是女神的衣裙，还是从谷底升上来的雾气——我不得而知。

然而，女神们昙花一现便销声匿迹，使我万般惆怅，惋惜不已！

1878 年 12 月

仇敌和朋友

一个被判终生监禁的犯人越狱逃出，拼命地向前狂奔……追捕者们跟随其踪迹，紧追不放。

他竭尽全力，向前飞跑……追捕者们渐渐被甩在后面。

然而，就在这时，一条河流横挡在他的面前，一条两岸壁陡的河流，一条狭窄——但深不见底的河流……而他却不会游泳！

一块朽烂、薄脆的木板，接通了两岸。逃亡者已经抬起一只脚就要踏上去……可是正在这个时候，发生了这样一件事情：河岸边站着他的刎颈之交和生死仇敌。

仇敌缄口不语，只是交叉着双手冷眼观望，而朋友却在放开喉咙高喊：

“得了吧！你在干什么呀？头脑清醒点，疯子！难道你没有看见，木板已经完全腐烂了吗？你这么重的人一压上去，它马上就断了——那你可真是自取灭亡了！”

“可是，再没有别的渡口呀……而你没听见他们已经追上来了吗？”不幸的逃犯绝望地呻吟着说，说着便踏上了木板。

“我决不允许！……不，我决不允许你白白送命！”满腔热忱的朋友高声叫道，接着便把木板从逃亡者脚下抽走了。那个逃亡者立即扑通一声掉进了白浪滚滚的急流——沉入水底去了。

仇敌踌躇满志地哈哈一笑——便悄然离去；而朋友却坐在河岸上——开始涕泪交集地痛哭他那位可怜的……可怜的朋友！

可是，他没有意识到朋友的死自己是责有攸归……压根儿就没有意识到。

“他没听我的话！没听话呀！”他泣不成声地说。

“不过，话又说回来！”他最后说，“要知道他本该一辈子待在可怕的监狱里饱受折磨的！可现在他至少不再受苦受难了！现在他倒是轻轻松松了！看来，这一切都是命运的安排啊！

“不过，从人道的角度来看，这毕竟还是惨不忍睹的一幕啊！”

于是，这个善良的人继续无从安慰地为自己倒霉的朋友痛哭流涕。

1878 年 12 月

岩　石

你们可曾见过海边那块古老的灰色岩石，在涨潮的时候，在阳光明媚、喜气洋洋的日子里，生龙活虎的浪涛从四面八方向它扑来——拍打它，戏弄它，爱抚它，并且，把珍珠般的亮闪闪的水沫，纷纷洒洒地倾泻到它那长满青苔的头上？

岩石依然还是那块岩石——可是，它那黯淡的表面却显出了一些明亮的色彩。

这些色彩表明，在地老天荒的时候，这块熔化的花岗岩刚刚开始凝固，它通体的颜色就像熊熊燃烧的一片红赫赫的火焰。

我这颗衰老的心也正是这样，不久以前，妙龄女郎的心从四面八方向它汹涌而来——于是，在它们那柔情的抚摸下，我心灵中那早已黯淡无光的颜色重又红光闪闪，再现当年的红艳！

海潮消退了……然而，色彩却依旧红艳——尽管寒凛凛的海风使劲吹刮、剥蚀着它们。

1879 年 5 月

鸽　子

我站在一个坡势平缓的山丘顶上。在我面前——铺展着一大片成熟的黑麦田，就像五色缤纷的海洋，时而是漫漫一片金灿灿，时而是茫茫一片银晃晃。

然而，这片海洋上却没有泛起一丝涟漪；闷沉沉的空气凝滞不动：一场大雷雨已近在咫尺。

在我附近依旧是一片阳光——热辣辣、昏冉冉；然而，在黑麦田那边不太远的地方，蓝沉沉的浓云仿若一个笨重的庞然大物，遮住了整整半个天空。

万物都纷纷匿影藏形……在阴郁不祥的残阳的照耀下，万物都变得疲惫不堪。听不见一只鸟儿的啼叫，也看不见一只鸟儿的踪影；就连麻雀也销声匿迹了。只在附近的某个地方，孤零零的一大片牛蒡叶在顽强地沙沙细语，啪啪作响。

田埂上艾蒿的气味是多么浓烈！我望着那一大堆蓝沉沉的浓云……心里感到忐忑不安。“那就快点儿来吧，快点儿吧！”我心想，“闪烁吧，金蛇啊，轰鸣吧，雷霆啊！飘移吧，翻滚吧，化作滂沱大雨吧，凶恶的乌云，结束这让人痛苦不堪的折磨吧！”

可是，乌云纹丝不动。它依旧压迫着无言的大地……而且，似乎在一个劲地膨胀，变得更黑。

然而，就在乌云清一色的暗蓝色背景上，有个什么东西平平稳稳、从从容容地闪现；煞像一块白手帕或一个小雪球。这是从村子那边飞来的一只白鸽。

它飞呀，飞呀——一直笔直地飞，笔直地飞……随后在树林后面消失了。

过了不多一会——仍旧是一片可怕的寂静……可是，看啊！竟然有两块白手帕在闪闪发光，两个小雪球在往回疾飞：那是两只白鸽，在平平稳稳地飞回家去。

现在，暴风雨终于猛扑过来了——铺天盖地，热闹非凡啊！

我总算勉强赶回到家里。狂风怒号，像个疯子似的到处乱窜；一团团火红色的浓云，好像被撕成了丝丝缕缕的碎片，低压着大地在飞驰；一切都在旋转，混成黑昏昏的一片；瓢泼大雨噼里啪啦地抽打下来了，像垂直的水柱一样摇晃着猛砸到地面上；一道道闪电迸发出绿幽幽的火焰；断断续续的雷声，仿如大炮的轰鸣；空气里弥漫着硫黄的气味……

然而，在屋檐底下，在天窗的边缘上，两只白鸽在紧紧依偎着——一只曾飞出去寻找同伴，另一只则被它领回家，或许，是被它救回家。

两只鸽子都竖起羽毛——它们彼此都感觉到自己的翅膀依偎着对方的翅膀……

它们是多么幸福美满！望着它们，我也感到幸福美满……虽然我茕茕孑立……像往常一样形单影只。

1879 年 5 月

明天！明天！

逝去的每一个日子，几乎都是那么空空洞洞，无聊乏味，微不足道！它在自己身后留下的痕迹真是少得可怜！一小时又一小时，时光飞逝，可它竟是如此一无可取，如此愚不可及！

然而，人仍然希望生存下去；他珍爱生命，他寄希望于生命，寄希望于自身，寄希望于未来……啊，他有不计其数的幸福期待于未来！

可是，他究竟凭什么认为，其他的日子，那些未来的日子会与刚刚逝去的这一天截然不同呢？

其实，他并未这样认为。他根本不爱思考——这样反倒做得对极了。

“等到明天吧，明天！”他就这样自我安慰着，一直到这个“明天”把他送进坟墓。

唔，一旦进了坟墓——你就不得不停止思考了。

1879 年 5 月

大自然

我梦见，我走进一座地下神殿，它气势雄伟，有着许多高大的拱顶。整座神殿里浮漫着那种地下的、匀和的光线。

神殿的正中坐着一位端庄威严的女人，身穿一件绿艳艳的波纹布衣裳。她俯首垂靠在一只上托的手上，似乎正沉浸在深思之中。

我立刻明白了，这个女人——就是大自然本身，一种虔敬的恐惧像一股寒气骤然袭过我的心灵。

我走到这位端坐着的女人面前——并且，毕恭毕敬地鞠躬行礼：

“啊，我们万物的母亲！”我高声说道，“你在沉思什么呢？你可是在思考人类未来的命运？你是不是在思考，人类怎样才能实现尽善尽美和至高幸福？”

女人慢悠悠地转过那双乌灼灼、寒凛凛的眼睛望着我。她的一双嘴唇微微动了一下——于是，便响起了铁器相撞一般的铿锵声音。

“我正在思考的是，怎样增强跳蚤腿部肌肉的力量，好让它更容易逃脱敌人的攻击。进攻和反击的均衡已经被破坏了……应该恢复过来。”

“怎么？”我轻声嘀咕着，“你想的竟是这个问题？难道我们人类不是你喜爱的孩子吗？”

女人微微皱了一下眉头。

“一切造物都是我的孩子，”她说，“因此，我一视同仁地爱护他们，也一视同仁地毁灭他们。”

“然而善良……理性……正义呢……”我又轻声嘀咕道。

“这是人类的话语，”铿锵的声音轰响着，“我既不知道什么是善，也不知道什么是恶……在我看来，理性也并非法则——而且，正义又是什么东西呢？我给了你生命——我又夺回它，交给别的生物，交给蛆虫，还是交给人……对我来说完全一个样……你现在还是先保护自己吧——不要再打扰我！”

我本想反驳几句……然而，周围的大地却发出一声沉闷的呻吟，并且抖动了一下——于是，我就醒来了。

1879 年 8 月

我会想些什么呢？……

当我即将钟鸣漏尽的时候，我会想些什么呢——如果我那时还能够思考的话？

我是否会想，我没有好好利用自己的一生，昏昏沉沉、浑浑噩噩地虚度了光阴，不懂得享受生命的赠予？

“怎么？马上就要与世长辞了？这么快？不可能！可是我还什么都没来得及做呀……我只是刚刚准备动手啊！”

我是否会回忆过去，让我所度过的为数不多的几个辉煌瞬间一一浮现在脑海里，让那些亲爱的形象和面容历历如在眼前？

我做过的那些蠢事是否会出现在我的记忆里——那姗姗来迟的悔恨是否会使我心之忧矣，视丹如绿？

我是否会想，死后等着我的是什么……而且那里是否真有什么东西在等着我？

不……我觉得，我会尽力不去思考——并且强迫自己信口开河，胡言乱语，为的只是让自己的视线避开前面那片令人毛骨悚然、越来越浓的黑暗。

曾经有一个临死的人当着我的面，一直抱怨别人不给他吃炒过的核桃……只是在那里，只是在他那渐渐黯淡无光的眼睛深处，有个什么东西在扑腾，在抖动，好像一只受了致命重伤的鸟儿在扑腾、抖动折断的翅膀。

1879 年 8 月

“玫瑰花，多么美丽，多么鲜艳……”

很久很久以前，在某个地方，某个时候，我读过一首诗。它很快就被我遗忘了……但是第一行诗却至今依然留在我的记忆里：

玫瑰花，多么美丽，多么鲜艳……[1]

现在是冬天，严寒给窗玻璃蒙上一层毛茸茸的薄薄霜花；黑魆魆的房间里点着一支蜡烛。我躲在房间的一个角落里坐着，可脑子里却一个劲地回响着：

玫瑰花，多么美丽，多么鲜艳……

于是，我发现自己站在城郊一座俄罗斯房子低矮的窗户前。夏日的黄昏正在静荡荡地消融，融入漫漫黑夜，暖腾腾的空气里弥漫着木樨草和椴树花的芳香；而在窗台上坐着一位少女，她伸直一只手臂托住脸颊，头儿斜靠在一个肩膀上——她静幽幽、直盯盯地望着天空，似乎是在等待第一批星星的出现。她那沉思的眼睛是多么纯真无邪，多么热情洋溢，那张开的、似在询问的嘴唇是多么动人，

1. 这是俄国诗人伊凡·彼得罗维奇·米亚特列夫（1796—1844）的诗《玫瑰》（1835）的首句。

多么天真；那发育还不充分、尚未经受过任何激动的胸脯，呼吸得多么均匀平稳；那青春妙龄的面容，是多么纯洁，多么温柔！我不敢跟她说话——可是，她使我感到多么可亲可爱，我的心跳得多么剧烈！

玫瑰花，多么美丽，多么鲜艳……

然而，房间里黑暗越来越浓，越来越浓……结了烛花的蜡烛发出噼噼啪啪的响声，跳荡不定的影子在低矮的天花板上摇来晃去，风雪在屋外狂呼怒吼，轧轧作响——就像老年人乏味的絮语声……

玫瑰花，多么美丽，多么鲜艳……

我的眼前又浮现出另外一些景象……我听见了乡村家庭生活欢乐的喧哗。两个长着淡褐色头发的小脑袋紧紧挨在一起，两双亮汪汪的眼睛机敏地望着我，两张红嘟嘟的脸颊因为强忍住笑而微微颤动，两双手亲热地互相勾在一起，两个稚嫩、友好的声音争先恐后，互相打断对方的话；而在稍远的地方，在那间舒适的房间深处，也有一双年轻的手，十指交错，在快速敲击一架老式钢琴的琴键——而圆舞曲都不能压住祖传茶炊的咕嘟咕嘟……

玫瑰花，多么美丽，多么鲜艳……

蜡烛渐渐暗淡，正在熄灭……是谁在那边咳嗽，咳得如此嘶哑、低沉？我的老狗，我唯一的伴侣，身子蜷缩成一团，紧靠在我脚边，瑟瑟发抖……我感到冷浸浸的……我快冻僵了……而他们都死了……死了……

玫瑰花，多么美丽，多么鲜艳……

1879年9月

海上之行

我乘坐一艘小轮船从汉堡到伦敦去。乘客就我们两个：我和一只小猴子，一只绢毛猴类的小母猴，这是一位汉堡商人赠送给他英国股东的一件礼物。

猴子被一条细细的锁链拴在甲板上的一条长凳上，烦躁不安地蹿来跳去，像鸟儿似的吱吱哀叫。

每次，当我从它身旁经过，它都会向我伸出自己那只黑黢黢、凉冰冰的小手——并且用它那双愁戚戚的、几乎像人一样的小小眼睛望着我。我拉住它的手——于是，它便不再吱吱哀叫，也不再蹿来跳去了。

海上风平浪静。海面就像一块向四面铺开的铅灰色桌布，纹丝不动。大海看起来似乎并不辽阔；浓雾茫茫，笼罩着海面，遮蔽了桅杆顶端，软溶溶的朦胧粘住了目光，使人感到神疲目眩。在这一片软溶溶的朦胧里，太阳仿若一个红惨惨的晕圈悬挂在空中；而快到傍晚时分，那片软溶溶的朦胧却燃成红彤彤的一片，熠熠闪耀着神秘莫测、奇妙无比的红光。

长条条、直溜溜的波纹，好似厚重的丝绸上的皱褶，一个紧接一个，从船头滚滚奔流而来，不断扩大变宽、蜷缩起皱，再扩大变宽，最后平铺开来，轻轻摇晃几下，便失去了踪影。螺旋桨发出单调的哗哗声，翻卷起一团团泡沫四溅的浪花；浪花像牛奶一样白亮亮的，轻轻发出咝咝的响声，碎散成一道道蛇一般的水流——随后又在那

边汇合起来，也无影无踪了，被茫茫浓雾吞噬了。

船尾的一只小钟连续不断、如怨如诉地叮叮当当着，同猴子的哀叫声一样凄凉。

有时，一只海豹浮上海面——而后又猛一翻身，消失在涟漪频荡的海平面下。

而船长，一个沉默寡言的人，脸上晒得黑黝黝的，一副郁郁寡欢的样子，叼着一管短烟斗，气狠狠地朝一平如镜的海面吐着唾沫。

我每次问他，他总是以支支吾吾的嘟嘟囔囔加以回答；我无可奈何，只好去找我那唯一的旅伴——猴子。

我在它身边坐了下来；它不再吱吱哀叫——而且，再次向我伸出一只手。

呆滞滞的浓雾湿蒙蒙地围裹住我们俩，使人昏昏欲睡；我们都沉浸在同样无意识的默想中，像亲人一样并排坐着，互依互靠。

现在，我哑然失笑……可是当时我却是别有一番滋味在心头。

我们都是同一个母亲的孩子——而且，令我感到极其欣慰的是，这只可怜的小动物竟然如此信任我，安安静静的，并且偎靠着我，就像偎靠着亲人一样。

1879 年 11 月

H.H.[1]

你端庄雅静地走在人生的道路上，从不曾珠泪盈盈，也不曾笑生双靥，只有他人冷冰冰的眼光才能激发你的一丝生气。

你善良而聪明……你置身于一切事外——你也不需要任何人。

你仪态万方——而且，没有人会问：你是否珍惜自己的美丽？你自己冷若冰霜——你也不需要别人的关心。

你目光深沉——但并非在深思；在这亮晶晶的目光深处，只有一片空虚。

因此，在极乐世界里，在格鲁克[2]庄严乐曲的旋律伴奏中——一群端庄的幽灵既无忧伤也无欢欣地缓缓飘过。

1879 年 11 月

1. 意即某某人。

2. 克里斯托夫·维利巴尔德·冯·格鲁克（1714—1787），德国作曲家，欧洲 18 世纪歌剧的改革者之一，主要作品有歌剧《俄耳甫斯与欧律狄克》《帕里斯与海伦》《伊菲革尼亚在阿弗利德》等。此处指其歌剧《俄耳甫斯与欧律狄克》第二幕，故事在阴间极乐世界展开。

我们还要奋战！

有时，一件多么微不足道的小事竟会使人整个儿改弦易辙！

有一次，我思绪万千、心事重重，走在一条大路上。

一连串不祥的预感使我心里憋闷得慌，我不禁忧心忡忡。

我抬起头……在我前方，在两排高高的白杨树中间，大路像箭一般直射远方。

在离我十步远的地方，整整一大窝麻雀正蹦跳着，一只紧跟一只横越它，横越这条大路，它们全身沐浴着金灿灿、亮晃晃的夏日阳光，活泼麻利、欢天喜地、充满自信地跳跃向前！

特别是其中的一只，就这样一直侧着身子，一个劲地向前猛跳，小胸脯挺得高高的，放肆地叽叽喳喳叫着，一派天不怕地不怕的神气！十足的一个征服者！

而与此同时，天空中一只鹞鹰正在高高盘旋，也许，正是这个征服者命定要成为它的一顿美餐。

我瞧着瞧着，不禁大笑起来，顿时感到精神焕发——于是，一切忧思愁绪立刻云消雾散：我重新获得了勇气、胆量和对生活的渴望。

但愿我的鹞鹰也盘旋在我的头顶上……

“我们还要奋战，你就见鬼去吧！”

1879 年 11 月

祈　祷

一个人无论祈祷什么——他祈求的总是奇迹。任何一种祈祷都可以概括为这样一句话：“伟大的上帝啊，请您保佑二乘二——别再等于四吧！”

只有这样的祈祷，才是真正的祈祷——一个人向另一个人的祈祷。向宇宙的灵魂，向最高的存在，向康德、黑格尔那种纯粹的、抽象的上帝祈祷——这既不可能，也不可思议。

然而，即便存在一个个性鲜明、生气勃勃的有形上帝，他能做到使二乘二不等于四吗？

任何一个信徒都必须义不容辞地回答：能——而且必须义不容辞地使自己对此坚信不疑。

可是，如果他的理智起来反对这种海外奇谈呢？

这时，莎士比亚就会前来帮他解围：“朋友霍拉旭啊，大千世界，无奇不有啊……”等等。

但是假如有人以真理的名义奋起反驳他呢——那他只需重复一遍那个著名的问题：“什么是真理？”

因此，还是让我们开怀畅饮，尽情作乐——并且虔诚祈祷吧。

1881 年 6 月

偶　遇

（梦）

我梦见：我走在一片光秃秃的辽阔草原上，遍地布满了棱角突兀的巨石，头顶是黑压压、低沉沉的天空。

一条小路，蛇行穿过巨石之间……我沿着小路往前走，不知道自己去向何方，为何而来……

突然，在我前面细窄的小路上，出现了一个什么东西，仿佛是一片薄薄的云彩……我定睛细看：那片薄云竟变成了一个女子，身材匀称，亭亭玉立，穿着一身雪白的连衣裙，腰间束着一根亮华华的细带子。她脚步灵巧，行走快捷，急匆匆离我而去。

我没有看见她的面容，甚至连她的头发都没有看见：一块波浪形花纹的薄纱头巾遮住了它们；但我整个灵魂已紧随她飞飘而去。我觉得她如花似玉、冰清玉洁、温情脉脉……我一定要追上她，看一看她那张脸……那双眼睛……哦，对啊！我希望看见，并且必须看见那双眼睛。

然而，不管我怎样快步紧赶，她总是走得比我更迅捷——于是，我始终没有追上她。

可是，就在这时，小路当中横亘着一块扁平的巨石……它挡住了她的去路。

女子在巨石面前停住了脚步……于是我抢步上前，浑身瑟瑟发抖，由于喜出望外和望眼欲穿，也多多少少由于惴惴不安。

我什么话都没有说……但她却静幽幽地朝我转过身来……

不过我仍旧没有看见她的眼睛。它们正紧闭着呢。

她的脸是白莹莹的……像她身上的衣裙一样白莹莹的；裸露在外的两只手臂，一动不动地垂着。她从头到脚仿佛变成了一块石头；这个女子的整个身躯，脸上的每一根线条，都煞像一尊大理石雕像。

她缓缓地直挺挺向后仰下去，倒在平溜溜的石板上。

于是我也马上和她并排躺着，仰面朝天，全身挺直，宛如墓石上的雕像。我的一双手祈祷一般叠在胸前，而且，我感到，我也变成了一块石头。

过了不多一会儿……那女子突然站起身来，然后离我而去。

我想飞跑去追她，但我却丝毫不能动弹，叠在胸前的一双手怎么也无法分开，只能眼睁睁望着她远去的背影，心海里升腾起千般懊恼万分惆怅。

这时，她突然回过头来——于是我看见了她神采奕奕、表情丰富的脸上那双亮彩彩、光荡荡的眼睛。她用那双眼睛凝望着我，并且，张口嫣然一笑……不过是无声地。似乎在说：“起来，上我这里来！”

可是，我却依然丝毫不能动弹。

这时，她再次嫣然一笑，然后乐悠悠地摇着脑袋，急匆匆地远去了，突然间，她的头上出现了一顶用小玫瑰花编成的红艳艳的花冠。

可我还是一动不动、有口难言地躺在我的墓石上。

1878 年 2 月

我怜悯……

我怜悯自己，怜悯他人，怜悯所有的人，怜悯走兽，怜悯飞禽……怜悯一切有生命的东西。

我怜悯儿童和老人、不幸者和幸运者……怜悯幸运者远胜于怜悯不幸者。

我怜悯那些无往不胜、踌躇满志的领袖，怜悯那些伟大的艺术家、思想家、诗人。

我怜悯杀人凶手及其受害者，怜悯丑与美，怜悯被压迫者和压迫者。

我该怎样从这弥天漫地的怜悯中解放出来呢？它已搞得我没法生活了……它——还得加上一个寂寞。

啊，寂寞，寂寞，它已与怜悯水乳交融了！至此，一个人的愁苦已无以复加了！

我倒不如去羡慕吧……真的！

于是，我就羡慕——石头。

1878 年 2 月

孪生兄弟

我看见过一对孪生兄弟吵架。他们两人从头到脚就像两滴水一样相像：面部的特征、脸上的表情、头发的颜色乃至身材和体态，都一模一样，但却势若水火，视如寇仇。

他们同样因怒火中烧而浑身抽搐。两张凑得很近而又出奇的相似的脸同样涨得红通通的；两双一模一样的眼睛同样凶光闪闪、虎视眈眈地望着对方；同样不堪入耳的恶言秽语，用毫无二致的声音，从同样气歪了的嘴唇里喷吐出来。

我再也无法忍受，抓住其中一个人的手，把他拉到镜子跟前，对他说：

“你最好还是在这里，对着这面镜子骂吧……对你来说，这是没有任何差别的……可是我却不会感到那么毛骨悚然。”

1878 年 2 月

鸫　鸟（一）

我躺在床上——但我无法入睡。忧虑啃啮着我的心；一串串郁郁寡欢、单调得令人厌倦的思绪，缓缓地飘过我的脑海，好似细雨蒙蒙的日子里一团团绵绵不断的云雾，接二连三地徐徐飘过湿漉漉的山顶。

唉！那时我正在热恋之中，那是一种无望的、悲伤的爱情，这种爱情只有饱经岁月的风刀霜剑之后才会产生。那时，我的心虽然未曾受到生活的伤害，但却变得……暮气沉沉！不……即便外表上显得年轻，也是毫无助益、全然徒劳的。

模糊的窗影，像一个白灰灰的斑块，呈现在我眼前；房间里的所有家具已依稀可见：在这夏日清晨轻烟淡雾般的晨曦中，它们显得更加木呆呆、静凝凝的。我看了看钟：三点差一刻。屋外，也同样是静凝凝的……连同露珠，那整整一片露珠的海洋！

而就在这片露珠的海洋中，在花园里，紧挨我窗户下面，一只黑茸茸的鸫鸟已经在悠悠歌唱，吱吱鸣叫，啾啾啼啭——不肯停歇、声音嘹亮、充满自信。悠扬动听的歌声漫进我静幽幽的房间，溢满了整个房间，溢满了我的耳朵，溢满了我那被无聊的失眠和病态的思虑之苦折磨得昏昏沉沉的头脑。

它们，这些歌声唱出了永恒——唱出了永恒的清新，永恒的超然和永恒的力量。我从这歌声中听到了大自然本身的声音，一种美妙、本能的声音，这声音从来没有开始之时——也永远没有终结之日。

它歌唱着，充满自信地赞颂着，这只黑茸茸的鸫鸟；它知道，过不多久，万古常新的太阳就会照常升起，放射出万道金光；它的歌声中没有任何它自己的、独特的东西；它就是那只黑茸茸的鸫鸟，一千年以前曾礼赞过同一轮太阳，几千年以后仍将礼赞这一轮太阳，那时，我身后的一切遗物，也许早已化作看不见的尘埃，在它那歌声嘹亮、生气勃勃的躯体四周，在它的歌声冲出的气流里飞转。

因此，我，一个可怜可笑、深陷情网、富有个性的人，要对你说：谢谢，小鸟儿，谢谢你在这愁眉不展的时刻，突然在我的窗下唱出洪亮、自由的歌声。

它并非在安慰我——而且，我也并未寻求安慰……可是我的双眼噙满了泪花，胸中腾起热浪，心中那凝滞不动、死气沉沉的重负顿时有所松动。啊！就连那个生物[1]——不也同样如此青春焕发、精神抖擞，一如你兴会淋漓的歌声，黎明前的歌手！

而当寒凛凛的波涛从四面八方汹涌而来，不是今天——就是明天，将要把我卷入浩瀚无垠的汪洋大海时，还值得忧伤、苦闷和考虑自己吗？

眼泪潸潸而下……可我那黑茸茸的可爱鸫鸟，却依旧若无其事地引吭高歌，继续唱着它那超然、幸福、永恒的歌！

哦，终于一跃升上天空的太阳，在我那红通通的脸颊上照亮的，是怎样的一种泪珠啊！

然而，我依旧笑容满面。

1877 年 7 月 8 日

1. 指作家本人。

鸫　鸟（二）

我又躺在床上……我又无法入睡。同样的夏日清晨，从四面八方包围着我；同样在我的窗下，一只黑茸茸的鸫鸟又在歌唱——而那个同样的创伤又在烧灼我的心。

可是，鸟儿的歌声并没有给我带来轻松——我也没有考虑自己的创伤。折磨我的，是不可胜数、裂口大开的别的创伤；亲人们宝贵的鲜血从这些大裂的创伤中，像一股股红溜溜的水流哗哗流淌，无尽无休、毫无意义地流淌，好似一股股雨水从高高的屋顶流泻到泥泞遍地、污秽不堪的街道上。

在那边，在远方，在一座座固若金汤的要塞的高墙下面，我的成千上万的兄弟、同胞死于非命[1]；成千上万的兄弟被那些庸碌无能的指挥官们投入了死神张开的血盆大口。

他们战死的时候，毫无怨言；葬送他们的人也从未悔悟；他们从不怜惜自己；那些庸碌无能的指挥官们也不懂得怜惜他们。

这里既没有无辜者，也没有有罪者：这就像脱粒机在为一捆捆麦穗脱粒，是空瘪瘪的麦穗呢，还是饱盈盈的麦穗——时间将会证明。

我个人的创伤究竟算得了什么？我个人的痛苦又算得了什么？我甚至不好意思为它哭泣。然而，我的脑袋在发烧，心儿在紧缩——

1. 指1877—1878年的俄国与土耳其的战争，俄军曾多次遭受重大伤亡，尤其是在保加利亚境内围攻普列文一役，由于指挥失误，更是伤亡惨重。

于是我像个罪犯，把头藏到可恶的枕头下面。

一滴滴热乎乎、苦滋滋的液体不断涌出，刷刷流过我的脸颊……滑到我的嘴唇上……这是什么？是眼泪……还是鲜血？

1878 年 8 月

无　巢

我到何处安身？我该如何是好？我恰似一只无巢可栖的孤零零的小鸟……它扎煞着羽毛，垂头丧气地站在一根光秃秃、干剥剥的树枝上。留下来吧，实在腻烦……可又能飞往何处呢？

于是，它张开自己的翅膀——箭一般飞速直射远方，宛若一只被鹞鹰惊起的鸽子。能否在什么地方找到一个绿荫荫、稳当当的栖

身角落，能否在什么地方构筑一个哪怕是临时性的小巢呢？

小鸟飞呀，飞呀，聚精会神地注视着下方。

它的下面，是一片黄苍苍的荒漠，无声无息，毫无动静，死气沉沉。

小鸟急匆匆地加速飞行，飞过了荒漠——仍旧注视着下方，全神贯注而又愁眉不展。

它的下面，是一片黄腾腾的汪洋大海，了无生气，像荒漠一样。不错，它在起劲喧哗，澎湃汹涌——但在它那永无休止的隆隆轰鸣声中，在它那千篇一律的澎湃汹涌中，仍然没有生命，也找不到栖身之所。

可怜的小鸟已经精疲力竭……翅膀的扇动渐渐无力；它已经飞得忽高忽低。它真想直冲云霄……但在这茫无边际的空虚中又怎能筑巢！

它终于收拢了翅膀……然后，长长地哀鸣了一声，便坠入大海。

浪涛吞没了它……又滚滚向前，依旧毫无意义地喧嚣着。

我究竟该到何方去栖身呢？莫非我也到了——该坠海的时候？

1878 年 1 月

高脚大酒杯

我觉得可笑……而且，我对自己感到惊异。

我的忧伤绝非故弄玄虚，我的的确确活得很沉重，我忧心忡忡，日坐愁城。然而，我却极力给我的感情增添一点亮丽的光彩，披上一件华美的外衣，我寻找着形象和比喻；我精心推敲、反复修饰自己的语言，陶醉在音调铿锵、字字珠玑之中。

我，就像一个雕刻家，就像一个首饰匠，成天不停地精雕细刻，千方百计地修饰美化那只高脚大酒杯，而我正是用这只酒杯给自己端上满杯的毒药。

1878 年 1 月

谁的过错？

她向我伸出一只软温温、白生生的手……而我却冷冰冰、凶狠狠地将它一把推开。

那张年轻而可爱的脸上露出大惑不解的神情；一双年轻而善良的眼睛带着责备的意味凝望着我；那颗年轻而纯洁的心灵无法理解我的举动。

“我错在哪里？”她轻轻启唇，喃喃地说。

“你错在哪里？可以说那些住在最金碧辉煌的天堂深处的最光辉灿烂的天使犯了错，也不能说你有过错啊。

“然而，你在我面前所犯的过错仍然十分重大。

“你想要了解它吗，这个重大的过错，这个你无法理解而我又无力给你说清的过错？

“这个过错就是：你——正当青春妙龄；我——已是风烛残年。”

1878 年 1 月

和谁争论……

和比你聪明的人争论：他定会战胜你……然而，你正好可以从你的失败中吸取对自己有益的东西。

和智力相当的人争论：无论哪一方获胜——你至少体会到了斗争的乐趣。

和智力极差的人争论：这种争论绝非出于获胜的愿望；但你却可以使他大获裨益。

你甚至可以去和傻瓜争论：尽管你得不到荣誉，也没什么好处；但为什么不偶尔寻点开心呢？

然而，你千万别和弗拉基米尔·斯塔索夫[1]争论！

1878 年 6 月

1. 弗·瓦·斯塔索夫（1824—1906），俄国艺术和音乐评论家、艺术史家，彼得堡科学院名誉院士。1869 年与屠格涅夫相识，友谊长达 14 年（至 1883 年屠格涅夫去世），两人经常因艺术观点各异而进行争论。

我在崇山峻岭之间徜徉……

我在崇山峻岭之间徜徉，
沿着清溪，沿着山谷……
不管我的双眼望向何方，
万物都把同一件事向我讲述：
我曾被爱过，我曾被爱过！
其余的一切全都在记忆中湮没！

头顶的天空放射出万道金光，
树叶沙沙作响，鸟儿啾啾鸣唱……
连乌云也顽皮地排列成行
兴高采烈地飞向他方……
周围的一切都幸福洋溢，
但幸福却并非心灵所希冀。

卷我飞驰，卷我飞驰的是波翻浪腾，
像海涛一样茫茫无边的汪洋！
心灵却氤氲着一片宁静
飘升在欢乐和痛苦之上……
我几乎认不清我自己：
整个世界都与我合而为一！

为什么我不在那时死去?
为什么我俩后来还要活在人世?
急景流年……日复一日——
岁月没有给我们留下任何赠与，
较之那些逝去的愚蠢安闲的日子，
我们应生活得更加幸福更加甜蜜。

1878 年 11 月

当我不在人世的时候……

当我不在人世的时候，当曾经属于我的一切云消雾散的时候——哦，你，我唯一的朋友，哦，你，我曾一往情深、柔情似水地爱过的友人，你，也许比我活得长久——请千万别到我的墓地去……你在那里无事可做。

请别忘了我……但也别在每天的操劳、欢乐和困苦中怀念我……我不想打扰你的生活，不想扰乱它那平静的水流。

不过，在孤身一人的时候，当两颗善良的心灵都那么熟悉的那种羞羞答答而又毫无来由的忧伤，袭上你心头的时候，请你拿起我们喜爱的那堆书籍中的一本，找到那几页、那几行、那几句吧——你还记得吗？我俩常常读了之后，一同默默地洒下甜蜜的潸潸眼泪。

请你读完它，闭上双眼，然后把一只手伸给我……把你的一只手伸给一位魂归天国的朋友。

我将无法再用自己的手去握住它——我的手将一动不动地安卧在九泉之下……但我现在快慰地想到，也许，你会在你的手上感觉到轻柔的抚摸。

于是，我的形象就会浮现在你眼前——随后你那双紧闭的双眼就将珠泪滚滚，一如我们从前被美所感动而洒下的珠泪。哦，你，我唯一的朋友啊，哦，你，我曾一往情深、柔情似水地爱过的友人！

1878 年 12 月

沙 漏[1]

时光一天天不留痕迹地流逝了，单调乏味，风驰电赴。

生命星流影集一般向前飞驰——转眼即逝，无声无息，宛如落为瀑布之前的那一段湍急的河流。

它均匀而平稳地散落，仿若骷髅状的死神那只瘦棱棱的手中握着的沙漏里的沙流。

当我躺在床上，而黑暗从四面八方将我紧紧围裹的时候——我似乎常常听到生命流逝的这种若有若无、连续不断的沙沙声。

我并不惋惜生命的流逝，也不惋惜那些我本可以完成的事情……我感到不寒而栗。

我仿佛感到：那具僵硬的骷髅就站在我的床边……一只手拿着沙漏，另一只手已举到我的胸口上方……

于是，我的心在胸膛里瑟瑟颤抖，忐忑撞击，仿佛想匆匆忙忙完成它最后的几次搏动。

1878 年 12 月

1. 西方古代的一种计时器，以瓶盛沙，不停漏出，借以计时，相当于我国古代滴水计时的铜壶滴漏（简称“滴漏”或“漏壶”）。

我夜里起来……

我夜里从床上起来……我似乎听到有人在喊我的名字……就在那边，在黑漫漫的窗外。

我把脸贴近窗玻璃，又把耳朵紧贴在上面，凝神注视——也开始等待。

然而，在那边，在窗子外面，只有树木在沙沙作响——声音单调而模糊，还有绵绵不断的黑蒙蒙的云彩，虽然在不停地移动，不断地变幻，却仍然是黑蒙蒙的一片……

天空中没有一颗星星，地面上没有一粒火光。

那边寂寞无聊，痛苦难熬……恰似这里，我的心田。

但是突然远处某个地方传来一个凄凄惨惨的声音，这声音越来越大，越来越近，清脆得就像人的声音——然后，又渐渐减弱，近乎静寂，从旁边飞掠过去。

“别了！别了！别了！”我仿佛听到那近乎静寂的声音在说。

唉！这是我以往的一切，我全部的幸福，曾经珍惜过热爱过的一切，一切——在和我作天长地久、一去不复返的告别！

我向我那飞逝而去的生命躬身行礼——然后躺到床上，好似躺在坟墓里。

唉，如果真躺进坟墓，那该多好！

1879 年 6 月

当我孤身独处的时候……

（同貌人）

当我孤身独处的时候，当我长时间茕茕孑立形影相吊的时候——我会突然开始感觉到，就在这同一个房间里，还有另一个人，坐在我身旁，或者站在我身后。

当我猛然回头或者突然把目光投向我感到那人所处的地方时，我当然是什么人也看不到。他近在咫尺的那种感觉烟消云散了……可是过了不多一会，这种感觉重又跃上心头。

有时我双手抱头——开始思索起他来。

他是谁？他想干什么？对我来说，他并非外人……他了解我——我也了解他……他似乎是我的至亲好友……然而我俩之间却横亘着一道深渊。

我既不希冀听到他的一丝声音，也不指望听到他的只言片语……他就这样沉默无言，恰如他一动不动一样……可是，他又对我说着……说着某些含糊不清、不知所云——但又非常熟悉的事情。他对我所有的秘密了如指掌。

我并不怕他……但我和他在一起总感到局促不安，而且不希望有这样一位对我的内心生活洞幽烛微的见证人……即便如此，我也并不觉得他是一个独立的、异己的存在。

莫非你是我的同貌人？莫非你是我那昔日的我？然而，这是无

可置疑的：难道我记住的那个我和现在的我之间——不是也横亘着整整一个深渊吗?

但他的来去并非根据我的指令——他似乎有自己的意志。

兄弟，无论是你，还是我——在令人厌恶的孤独寂寞里，都会愁眉苦脸!

但请等一等……当我死后，我和你——我那昔日的我，和我现在的我——将会水乳交融，合为一体，并且永远飞驰进那一去不复返的幽灵王国。

1879 年 11 月

爱之路

所有感情都能引发爱情，导致热恋，所有的感情：憎恨，怜悯，冷漠，崇敬，友谊，畏惧——甚至是蔑视。

是啊，所有的感情……唯有一种是例外：感激。

感激——这是一种债务；每一个诚实的人都会还清自己的债务……然而爱情——它不是金钱。

1881 年 6 月

婆罗门

婆罗门低头望着自己的肚脐眼，嘴里不停地念诵一个词：“奥姆！”——用这种方法贴近神灵。然而，在人的全身，是否存在某种比这个肚脐眼更少一点神性的东西，是否存在某种比它更能使人联想起人生如朝露的东西呢?

1881 年 6 月

爱　情

人们都说：爱情——这是一种最高尚、最圣洁的感情。一个他人的我深深扎根于你的我之中：你扩大了——你也被毁坏了；你只是现在才开始生活，可你的我却被扼杀了。但是，即便是这样的一种扼杀，也会使一个有血有肉的人怒形于色……能够复活的只是那些不朽的神……

1881 年 6 月

真理与正义

“为什么您如此珍视灵魂的不朽呢？”我问道。

“为什么？因为到那时我就会拥有永恒的、颠扑不破的真理……而在我看来，这也就是世界上最大的幸福！”

“是拥有真理？”

“当然啰。”

“对不起，您能否设想下面这样的场景？几个年轻人欢聚一堂，谈笑风生……突然又跑进来他们的一个同伴：他的两眼闪耀着异乎寻常的光芒，兴奋得喘不过气来，几乎连话都没法说。‘怎么回事？怎么回事？’‘我的朋友们，你们听着吧，我发现了一个什么，什么样的真理！入射角等于反射角！还有：两点之间最短的距离为直线！’‘果真如此！哦，多么幸福啊！’所有的年轻人都大声欢呼起来，并且情不自禁地互相拥抱！您无法设想这样的场景吧？您觉得好笑……问题就在这里：真理不能给人带来幸福……但正义却能够。这是人类的事，我们尘寰中的事……正义和公正！为了正义，就是粉身碎骨，也心甘情愿！全部生活就建筑在对真理的认识上；可是，怎么能‘拥有真理’呢？而且又怎样在这中间得到幸福呢？”

1882 年 6 月

山　鹑

我躺在床上，受着长年不愈的不治之症的折磨，心想：为什么该我受这个罪？为什么该我受到惩罚？我，正好是我？这不公平啊，太不公平了！

于是，下面的一幕浮现在我的脑海里……

整整一窝小山鹑——有二十来只吧——聚集在密密丛丛的麦茬地里。它们彼此紧紧地挨在一起，在松软的泥土里啄来刨去，十分幸福。突然一只猎狗惊吓了它们——它们心有灵犀地一齐腾空而起；一声枪响——其中一只山鹑被打断了一只翅膀，遍体是伤，坠落地面，它艰难地挪动着两只脚爪，钻进了蒿草丛中。

当猎狗在搜寻它的时候，这只不幸的山鹑也许同样在想：“我们一共有二十只，都跟我一模一样……为什么正好是我，是我被子弹打中，应该去死呢？为什么啊？为什么在我其余的姐妹们面前，该我受这个罪？这太不公平！”

你就躺着吧，病恹恹的生物，趁死神还在寻找你的时候。

1882 年 6 月

Nessun Maggior Dolore[1]

蓝澄澄的天空，羽毛般轻袅袅的浮云，氤氲的花香，年轻歌喉甜美的声音，伟大的艺术作品灿烂辉煌的美，仪态万方的女子脸上幸福的微笑和那双勾魂摄魄的眼睛……所有这一切有什么用，有什么用呢？

每隔两小时一匙可恶、无效的药水——这才是，这才是每天必需的东西。

1882 年 6 月

1. 意大利语，意即“没有更大的痛苦”，语出但丁《神曲·地狱篇》第五章：“她对我说：‘再没有比不幸中回忆幸福的时光更大的痛苦了……’”（人民文学出版社，2004 年 8 月版，第 30 页）

投身于车轮下……

“这些呻吟意味着什么呢？”

“我痛苦，痛苦得难受啊。”

“你可曾听见过溪水撞击石块的哗哗声？”

“听见过……可你干吗提出这个问题呢？”

“那是因为这种哗哗声和你的呻吟声——同样都是声音，并无别的意思。或许不同的只是：小溪的哗哗声听来让人爽心悦耳，而你的呻吟却不可能引起任何人的同情。你千万别忍住不出声，只是要记住：这毕竟是声音，声音，就像树木折断的咔嚓声……全都是声音——并无别的意思。”

1882 年 6 月

哇……哇！

那时我住在瑞士……我正当青春年少，自命不凡——也深感形单影只。我生活得十分沉重——因此总是郁郁寡欢。虽然什么都还没有经历过，但我却已经感到烦闷无聊，心灰意懒，而且动辄暴跳如雷。我觉得世上的一切都琐屑不堪，俗不可耐——并且正像在那些十分幼稚的年轻人身上所常见的那样，我心中暗暗滋生了一个幸灾乐祸的念头……自杀的念头。“我要向你们证明……我要报复……”我暗暗思忖着……然而，究竟要证明什么？为什么要报复？对此我自己也不知道。我只是感到全身热血沸腾，恰似酒在密封的酒缸里发酵……而我觉得，应该让这酒汩汩流出，打破这窒闷难忍的酒缸的时候到了……拜伦是我敬仰的偶像，曼弗雷德是我崇拜的英雄。

一天傍晚，我像曼弗雷德一样，决定动身去登上群山之巅，找一个遥凌冰川之上、远避尘世的地方——那里寸草不生，只有一片片死寂的巉崖峭壁重重叠叠地耸立着，那里所有的声音都冻成了冰，连瀑布的怒吼也听不到！

我到那里去，想干什么呢……我不知道……也许，是结束自己的生命？！

我起行了……

我走了很久，最初走的是通衢大道，后来走的是羊肠小道，越走越高……越走越高。最后几间小屋，最后一簇树木，早已被我远远甩在后面……岩石——四周只有岩石。近在咫尺但匿迹藏形的积雪，朝我喷出一股股冷森森的寒气。夜的阴影像一团团黑腾腾的云雾从四面八方飞涌过来，遮笼着我。

我终于停住了脚步。

多么可怕的寂静啊！

这是死神的国度。

而这里只有我一个人，一个生气勃勃的人，满怀唯我独尊的痛苦，悲观绝望，而又目空一切……一个生气勃勃的有意识的人，逃离人世，不愿再活下去了。隐秘的恐惧使我浑身冰凉——可我还自以为是人中狮子呢！

曼弗雷德——真是惟妙惟肖！

“孤身一人！我孤身一人！”我反复念叨，“我孤身一人面对死亡！是不是死的时辰已到了？是的……时辰已到。别了，琐屑不堪的世界！我要把你一脚踢开！”

而突然，就在这一瞬间，我的耳际传来一个奇怪的声音，我一时无法辨明，但却知道这是活生生的……人的声音……我打了哆嗦，侧耳细听：那声音又响了一次……对，这是……这是一个婴儿，一个吃奶的婴儿的啼哭声！……在这荒无人烟、寸草不生的高山之巅，在这一切生命都早已死灭并且永远死灭的地方——竟然还有婴儿的啼哭声？！

我的惊异突然间转变成另一种情感，一种欣喜若狂的情感……于是，我快步如飞、急不择路地直奔这啼哭声，直奔这柔弱的、可怜的——但又救了我一命的啼哭声！

不久，我眼前便隐约闪现出一星摇曳的灯光。我快马加鞭地飞跑起来——几秒钟后，我就看见一间低矮的小屋。这种小屋用石块垒成，再加上一个低矮、平整的屋顶，通常是阿尔卑斯山的牧人临时栖身之所，他们往往在里面住上几个星期。

我一把推开虚掩着的房门——就这样猛地冲进屋里，仿佛死神紧追在我身后……

一个年轻的妇女斜靠在一张长凳上正在给婴儿喂奶……一个牧人，显然是她的丈夫，和她并肩坐着。

他俩目不转睛地望着我……我也一句话都说不出来……只是微笑着点头……

拜伦，曼弗雷德，自杀的幻想，我的孤芳自赏，我的自命不凡，你们都躲到哪里去了？……

婴儿继续啼哭着——而我则祝福他，也祝福他的母亲和她的丈夫……

哦，新生婴儿热扑扑的人性啼哭啊，是你拯救了我的生命，又治愈了我的心病！

1882 年 11 月

我的树

我接到当年大学时代一位老同学的来信，他现在是个富裕的贵族地主。他邀请我到他的庄园去做客。

我知道他长期病魔缠身，双目失明，全身瘫痪，连走路都很困难……我便动身去看望他。

在他家宽阔的花园里一条林荫道上，我碰见了他。他裹着一件皮大衣——而这时正值夏日炎炎，面容枯槁，佝头偻背，眼睛上还戴着一副绿色眼罩，他坐在一辆小车里，两个身穿华丽制服的仆人在后面推着……

“欢迎您，”他用一种发自坟墓里一般惨凄凄的声音说，“在我的世袭领地上，在我的千年老树的浓荫下！”

一棵粗滚滚、高巍巍的千年橡树，在他头顶好似一顶张开的绿色帐幕。

我不禁思忖起来：“啊，千年巨人哪，你听见没有？一条在你的根须边蠕动的苟延残喘的蛆虫，竟然把你叫作自己的树呢！”

而就在这时，一阵清风徐徐吹来，如袅袅细浪从千年巨树的繁枝茂叶间滑过，发出一阵轻轻的沙沙声……于是我似乎觉得，这是老橡树以善良、恬静的笑声，在回答我的默默思忖——也回答病人的大言不惭。

1882年11月

图书在版编目（CIP）数据

在最美的风光里，与灵魂相伴 /（俄罗斯）屠格涅夫著；曾思艺译. -- 武汉：长江文艺出版社，2015.11（2023.3 重印）
（名家散文经典：精装美绘版）
ISBN 978-7-5354-8156-6

Ⅰ. ①在… Ⅱ. ①屠… ②曾… Ⅲ. ①散文集－俄罗斯－近代 Ⅳ. ①I512.64

中国版本图书馆 CIP 数据核字（2015）第 155182 号

责任编辑：施柳柳　　　　责任校对：毛季慧
封面设计：徐慧芳　　　　责任印制：邱　莉　杨　帆

出版：长江出版传媒　长江文艺出版社
地址：武汉市雄楚大街 268 号　　邮编：430070
发行：长江文艺出版社
电话：027—87679360
http://www.cjlap.com
印刷：三河市百盛印装有限公司

开本：880 毫米×1230 毫米　1/32　　印张：7　　插页：4 页
版次：2015 年 11 月第 1 版　　2023 年 3 月第 2 次印刷
字数：142 千字

定价：48.00 元